Les Pendus

Émilie de Turckheim

Les Pendus

Roman

Ramsay
91bis, rue du Cherche-Midi 75006 Paris

à Élisa

I

« Partez pas en courant, p'tite lurette ! J'veux pas un rond ! Pas un radis feuillu ! J'veux un fil-de-tête ! Même votre plus souillé ! Votre plus sénile ! Pourvu qu'il ait toutes ses écailles ! Pauv' lurette ! T'échappe pas à quatre orteils ! Lurette ! Un cheveu, bordel de bulbe ! »

Elle s'éloigne, la passante. Gaston, debout, flanche. Lourdement, le cul par terre. Le grillage sursaute sur mon dos. Je vois ses mains dures et sales de trottoir, coupées par les mitaines en laine grise.

« T'as vu ses prunailles, Dylan ! T'as miré au fond des billes ! La trouille ! La verte trouille ! Elle se dit quoi, la lurette, quand elle me voit crapahuché sur le goudron et crassouillard comme le charbon ? Dylan ? Elle se dit quoi la greluche éduquée ?

– Papa, arrête de m'appeler Dylan.

– Enfin, Dylan ! On renie pas son nom !

– C'est pas mon nom.

– Peut-être, mais on réussit pas dans la vie avec n'importe quel nom ! *Julien,* ça suffira pas ! J'ai essayé avec *Gaston* et mire ma croûte ! Admire le rutileux résultat ! »

Il parle en soulevant un sac plastique mille fois usé sur ses plis. Ses yeux m'empoignent les yeux. L'odeur de vin rouge me serre le ventre.

« Alors, Dylan ? »

Il baisse la voix, chuchote dans ses lèvres gercées.

« Alors ? Pourquoi la lurette a galopé comme l'antilope africaine ? Qu'est-ce qu'on a comme indices sagaceurs ?

– Sais pas. Elle a vu un clochard, elle a eu peur. »

Il m'attrape l'avant-bras. Ses yeux d'eau sont immenses.

« Ah non, Dylan ! Elle a eu peur, tu dis ? Peur de quoi ? Sur les trottoirs, c'est les trous qui font peur ! Les plaques d'égout décapsulées ! Mais est-ce que j'suis un trou, moi ?

– Non.

– Mais si, j'suis un trou ! Ma capillophilie poétesse s'est cognée au gros dédain de la lurette ! La lurette si radinette qu'elle raquera ni un cheveu ni un écu ! C'est pas dans l'trou d'égout qu'elle a peur de tomber ! C'est dans l'trou d'humanité ! T'imagines cette fosse abyssale comme elle est noire, Dylan ? »

Je hoche la tête.

« T'es spectaculant ! T'es un western à toi tout seul ! T'es les Indiens, les Américains et les canassons en un seul marmot ! T'as quel âge, dis ? Rappelle-moi ta vieillesse ?

– Dix-neuf ans.

– Bien sûr, Dylan ! Je l'savais ! Je l'savais, fiston... Quoi ? Dix-neuf ! Dix-neuf fois l'hiver ? Mais t'es pas un peu court pour ton âge ?

– Court ?

– Maigrifère ! Mincif ! Petiot ! Chignard ! Sous-charpenté ! Moi, à dix-neuf galères, j'étais déjà corniché comme la basilique Saint-Fiacre et j'encrimaillais les lurettes par boîtes de six ! Mais on finira bien par pousser... »

Je n'aime pas la paume qui frictionne mon crâne. Je me lève. J'écrase son baluchon de plastique.

« 'Tention Dylan ! Mon sac Chanel ! Ma collection entière crèche à l'intérieur ! Allez ! Attrape pas la mort mauvaise en traînant ta carlingue dans les ruelles... Y'a un vent à déboîter des clavicules... Et ça va, l'école ? T'oublies pas d'aller à l'école, Dylan ?

– C'est fini, l'école.

– Bien sûr ! La belle affaire ! Les vacances ! File vite ! Dis à Gisèle que c'est une reine anguleuse... une vieille reine mais une reine quand même... Dis-lui que c'est la cour du roi Louis III l'Aveugle à elle toute seule ! Le roi, la reine et le troubadour en une seule lurette ! »

Je ne lui demande pas où il dort ce soir. J'ai mal au ventre. Je sais qu'il me regarde quand je m'éloigne. Quand je fuis son tapis en carton et son blouson de ski vert pomme qui perd ses plumes blanches. Qui perd ses plumes blanches alors qu'avant de l'enfiler et de courir entre les étals des puces de Clignancourt, la vendeuse m'avait juré que c'était de la *qualité supérieure*.

Quand je me retourne, je suis déjà loin. Je crie. Ma voix est sourde.

« Je peux pas venir demain ! »

Il serre un poing qu'il agite au-dessus de ses cheveux ramassés en baguettes figées.

« Les cow-boys vivent leurs vies, Cow-boy ! C'est des évadants ! On n'a jamais vu Butch Cassidy rendre visite à son père tous les jours ! On n'a jamais miré pareille cruchade ! »

Je fais un signe d'adieu, ample et lent, avec le bras, et me laisse embrasser par la bouche de métro. Je le vois par terre, dans ma tête. Sa barbe. Comme un nid. Je donne des coups de pied dans la poubelle. Je frappe avec les poings. Je mets des coups de poing et des coups de pied dans les coups de pied et les coups de poing déjà collés à la poubelle. Un coup de genou. Je pose la main sur mes yeux. Vite, les muscles de mon ventre se serrent et se détendent. Une grande fille s'approche du tourniquet. Je me pose sur son dos long et joli. Elle se retourne, elle sourit, je souris. On passe ensemble le tourniquet et seul je retourne dans ma tête.

II

Gisèle habite au sixième. Je monte les escaliers en veillant aux marches. Je dois articuler au moins un mot à chaque pas. Si le mot ne sonne pas à l'instant où ma semelle touche la marche, je redescends l'escalier jusqu'à la porte du rez-de-chaussée. Les marches, une à une. *Doha-le-Jour. Rosalie. Tulipe. Gisèle. Robe. Rouge. Trois. Crimes. Anodins. Et. Une. Funeste. Naissance. Monsieur. Barde. Dranqueuleux. Térébenthine. Louis. Premier. Le. Débonnaire. Philippe. De. Crèvecœur. Idir. Allée. Des. Âmes. Joyeuses. Rameau. Fauvettes. Plaintives. Prison. Des. Fanettes. Doha-le-jour.* Déjà dit. Case départ. Mes fesses glissent sur la rampe. Je perds l'équilibre. Creux et battements sous la peau du ventre. Coccyx. La chute résonne dans la cage d'escalier. Je crie : « Gisèle ! Gisèle ! Gisèle ! » Au deuxième, la porte s'ouvre. « Ta gueule, merdeux ! Monte au lieu de brailler ! Comment tu veux qu'elle t'entende, la vieille sourde ! » Je crie : « Fais-toi baiser par ton fils ! » Elle crie : « Répète un peu, merdeux ! » Je ne répète pas. Ça hurle au cinquième : « C'est dans votre pays de sauvages qu'on vous a appris à éructer comme ça, Djamila ? » Djamila s'élance dans les escaliers. Je l'entends frapper à pleins poings sur la porte de l'artiste du cinquième. « Ouvre cette porte, fils de pute ! Mon pays ? Quel pays ? Quels sauvages ? Répète ça et tu vas en prison ! » La voix de l'artiste derrière la porte. « En parlant de prison, passez le bonjour à votre fils, Djamila ! » Je n'entends plus rien. Je monte et pas un bruit. Djamila est assise devant la porte de l'artiste. Elle a mis ses doigts dans la bouche pour les mordre. Les larmes se brisent en petites éclaboussures quand elles touchent le parquet. « Djamila, tu traites pas Gisèle de vieille sourde. » Elle cherche à prendre ma main. Je la retire. J'ai mal au dos. Je le vois dans ma tête, adossé au grillage, assis sur sa collection de cheveux de passants, les doigts encerclant le goulot, les yeux cachés derrière une vitre, comme une maladie. Au sixième, je frappe à la porte de Gisèle. J'entends le petit soupir que j'entends tous les soirs quand je rentre. « Tes clefs ? » Je ne réponds pas. Elle crache encore un soupir semblable au soupir que j'entends tous les soirs quand je rentre. « Le dîner c'était à l'heure du dîner. Va te coucher. » Et l'instant d'après : « Elle t'a écrit. » Je cours dans la chambre. L'enveloppe est sur le bureau. Elle vient des Fanettes.

Pour Julien B.-D.
chez Gisèle Picq.

Je m'assieds sur le lit. L'enveloppe pressée sur mon cou. Je suis à elle. Tout à elle. Le temps de lire. Mais c'est lui qui est là. Il vide un fond de bouteille dans ses lèvres fendues. Je secoue la tête. Gaston ! Fous le camp ! Je chasse sa barbe et son haleine de vin rouge. Je chasse la faim de mon ventre. Je chasse la marche qui a frappé mon dos. Je chasse Djamila qui pleure avec cinq doigts dans la bouche. Je ferme les yeux. Le lit me prend dans ses bras. M'enveloppe. L'enveloppe. Je souris. Le sommeil marche sur mes paupières. Je résiste un peu. Par plaisir. Sans force. Je ne résiste plus.

Je cours. Les couloirs des Fanettes halètent sous mes pieds. J'entends son souffle. Derrière les murs. Les serrures. Les cellules s'ouvrent. Rosalie. Elle est partout. Dans chaque cellule. Nue. Elle éclate de rire et assassine à coups de canif un petit pot de confiture. Je me réveille. Je palpe mes bras, mes cuisses, ma gorge bouillante. L'enveloppe est dans mon poing. Je l'ouvre dans le noir. La lettre est une fine feuille, pliée en deux, arrachée d'un cahier à spirales, avec un bord déchiqueté. J'imagine les mots et la couleur de l'encre. Ma main heurte le pied de lampe, parcourt le fil. La lumière blanche et froide. Je te lis, Rosalie.

Mon chéri,

Maman va bien. Je t'est attendu, dimanche. Ça fait trois dimanche que tu me poses un lapin. Pour passé le temps, j'ai taillé au cutter la gueule d'une poufiasse qui se prend pour la Mère Noël depuis qu'elle a fait entrée dix grammes de poudre en 3e Nord. En fait c'était de la merde coupé à la farine! J'ai fait une alergie, ça me gratte, j'ai envie de m'arracher les vaines. Faut pas laisser ta mère toute seule. Tu imagines pas la chance que tu as de vivre comme un roi avec Gisèle qui te fais à manger. Tu es un enfant gâté. Pouri gâté. Tu as trouvé un travail? Je suis sure que non. Je me demande ce que tu faits aujourd'hui. Oublies pas de demander à Gisèle de m'envoyer de l'argent.

Je sais pas quoi dire d'autre. J'ai jamais rien à raconter.

Je te fais mille baiser.

Maman

PS : J'ai essayé d'avorté mais ça à raté. Tu vas avoir un petit frère ou une petite seure.

Avec les ciseaux, je découpe *Mon chéri. Maman va bien. Je me demande ce que tu faits aujourd'hui. Je te fais mille baiser. Tu vas avoir un petit frère ou une petite seure.* Je les colle dans le cahier. Je jette les autres phrases sous le bureau, dans la poubelle. Je ferme les yeux. Je vois les pommiers de Doha-le-Jour. La lumière sur le toit de la maison qui fait briller les ardoises comme l'essence.

III

Plus tard j'entends le piano. Il fait encore nuit. Je glisse sur les papiers peints et me plie sous le napperon de la table basse. J'entends les *Fauvettes plaintives.* Je vois Gisèle à travers les trous de broderie. Elle est en courbe et en nœuds mais c'est drôle comme elle se tient sérieuse. Son chignon fait de la poussière. Elle dort avec. Ses mains sont dans mon ventre. Je connais les fils de marionnettes qui vont de l'extrémité des doigts aux poignets, ressortent et disparaissent quand les ongles effleurent les touches d'ivoire ou d'ébène. Je connais les veines bleues, les veines à bosses, les taches brunes des mains cabossées, le mouvement du corps triste s'approchant du clavier, reculant, le bord de la mer, le grésillement des pieds de chandeliers, le vacillement des flammes sous les soupirs de Gisèle. Je connais sa musique. Elle raconte il y a longtemps. Désuète lenteur. Temps que j'oublie et que trois notes soudainement réveillent.

« C'est toi, Julien ? »

Le jour se lève sur l'allée de sable à Doha-le-Jour, en pigments de braise. Le piano est plein de lumière.

« Tu as passé l'âge de te cacher sous les tables pour écouter les grandes personnes ! Tu as passé l'âge d'avoir quatre ans ! Tu étais où, hier soir ? Avec le va-nu-pied ? Le fou ? Réponds-moi, Julien !

– Avec papa.

– C'est ça ! *Papa* ! Et moi je prenais le thé avec Jean-Philippe Rameau et François Couperin, ils avaient apporté leur clavecin et des sablés au rutabaga, on a beaucoup ri, c'était divin ! Tu traînais encore avec le fou ! Tu me sors par les yeux, Julien ! Qu'est-ce que tu vas devenir ? »

À travers les trous de broderie, je vois ses rides gesticuler et je pense que quand je serai écrivain j'écrirai une nouvelle très courte, gentille et très méchante, qui s'intitulera : *La Vie ratée de Gisèle Picq*.

« Qu'est-ce que tu marmonnes dans ton coin ?

– Je dis que je serai écrivain.

– Écrivain ? Ah oui ? Et ça paye bien ? Ça paye combien ? Mieux ou moins bien qu'une heure de cours de piano ? Mieux ou moins bien qu'une heure passée sur la machine à coudre ?

– C'est pas la question. »

Elle arrache le napperon qui me protège. Je ferme les yeux, je ferme les oreilles, je regroupe mon corps autour de mon ventre. Les cris méchants. Je ne supporte plus. Les cris de Gisèle. Les cris de l'école. Les cris de la barbe grise et rouge de Gaston qui insulte sa bouteille vide.

« Tu crois ça ? L'argent, c'est pas la question ? L'argent, c'est la seule question ! Moi, je travaillais comme couturière à l'âge de quatorze ans ! Douze heures par jour ! Je te l'ai dit mille fois ? C'est ça que tu penses ! Je radote ? Je radote pas, Julien ! Je souffre de te voir caché sous la table comme un chiot ! Je souffre parce que tu ressembles à un enfant avorté ! Tu ne parles pas ! C'est misérable ! Je souffre parce qu'il n'y en a que pour cette enfanteuse qui se fout de toi comme de l'an douze ! Tu ne vois pas qu'elle t'utilise comme une pompe à fric ? Elle croit peut-être qu'à quatre-vingt-trois ans je suis immortelle et que je serai là jusqu'à ta mort pour te nourrir et te calmer quand tu l'appelles en pleine nuit ! *Maman ! Maman ! Au secours !* Qu'est-ce qui lui donne envie de t'écrire si c'est pas mon argent ? Qu'est-ce qu'il y a cette fois-ci dans sa lettre, Julien ! »

Dans la lettre il y a *mon chéri maman va bien je me demande ce que tu fais aujourd'hui je te fais mille baisers tu vas avoir un petit frère ou une petite sœur.*

IV

M'arrive de pas cerner les porte-cheveux ! J'les vois roulotter en rase-gravier… accélérer sous mes prunailles… Mais où s'éparpillent tous ces lureaux pressés ? Y me voient pas ? J'les vois, moi ! J'vois leur laine fileuse qui se dandine… les boucles, les houppettes, les épis, les raideurs moches, les frisures, les franges, les nattes vilaines et les queues d'canasson ! Mais où est l'bon sens du cheveu ? Depuis l'aube, pas une lurette ni un lureau pour donner un coup d'annulaire à ma collection capillaire ! Ça m'enrogne à périr les bourgeois près d'leurs cheveux… Mais combien ça peut valoir le poil-de-tête d'un enrichi ? Plus qu'un écu ? Plus qu'un sourire ? Plus que moi assis merdeusement dans le caniveau ? Faut que j'me renseigne. Faut qu'j'en aie l'foie net…

« Lurette ! Pardon ! Une seconde de votre très précieux temps coûteux ! J'veux pas d'argent ! J'veux juste savoir à combien vous me vendez un cheveu… un seul cheveu d'votre tignasse jaunie ? C'est ça ! Casse-toi ! Tu m'as pas vu ! Moi j't'ai vue, mais toi, tu m'as pas vu ! Pouffiarde ! »

Pas la bonne méthode, Gaston ! Faut d'la méthode. Faut bien présenter. Faut d'la politesse. Faut courber son cul. Là, la jeune en robe du midi…

« Jeune lurette ! Une question gratuite et surtout pas d'argent !

– Oui ?

– Ah ! Vous m'avez entendu ? C'est prodistique ! C'est le haut du panier ! Vous appartenez au demi-pourcent de lurettes et lureaux qui répondent oui à l'appel du 18 Février ! Trépanez grand vos écoutilles ! Ça va vous paraître nigaud, mais j'suis collectionneur… collectionneur de cheveux… et j'en voudrais bien un des vôtres, de cheveu…

– Un cheveu ? Si vous voulez. Tenez, c'est pour votre collection.

– Exclamidieux ! Et vous l'estimez à combien ce cheveu, en picaillons ?

– Vous voulez le revendre ?

– Mais non ! Pensez-vous ! C'est pour me figurer l'étendue d'mon capital !

– Je dois y aller, monsieur, j'ai rendez-vous.

– C'est bien ça, les rendez-vous… Moi, aujourd'hui, j'ai pas rendez-vous… Dites juste un prix pour voir…

– J'en sais rien… Un centime, peut-être. Non, même pas, c'est gratuit, ça vaut rien un cheveu. »

Elle a disparu. Une vraie étoile filante, cette lurette. Je vais discerner son cheveu entre mille millions. J'hésite à le mélanger aux autres. Est-ce que les lureaux me mélangent, moi ? Non. Je fais capillier seul. Capillier seul ! Tout seul pour en profiter d'cette bonne blague ! Bien dommage, ça… J'lui ai pas demandé son nom à la jolie lurette. Elle est marrante ! Elle s'imagine qu'un cheveu c'est gratuit… Elle extravague, elle délucide, elle… Monsieur! Halte là! J'veux surtout pas d'argent! Mais pourriez-vous avoir la délicatude d'extraire un cheveu de votre cuir échevelé… Putain! Attendez une chicrure de seconde! Pas d'argent, j'ai dit! Pas d'argent! Pouffiard!»

Gaston se tord en devant pour tousser, les mains sur les poumons, se redresse en s'aidant du grillage, boit le dernier tiers de sa bouteille les yeux fermés, fait glisser le cheveu blond de l'étoile filante dans le goulot, l'observe à travers le verre pendant une heure, remue les lèvres, forme des nuages de buée blanche, souffle dans ses mains, sent la chaleur éperonner les doigts gourds, tousse la nuque pliée, tousse dans l'angle du coude, tousse à grands raclements sous la nuit grimpante, sent comme une plaie ouverte lui tapisser la gorge, entend le froid trouer ses semelles, s'accrocher à ses pieds, remonter les mollets, dissiper un engourdissement glacial jusqu'à la racine des dents, s'assoupit. Immobile et mortelle torpeur. Réveillé par un bruit claquant de pas. Une silhouette passe. Il croit dire «j'ai froid», mais c'est au fond de sa tête, au milieu d'autres douleurs, coincé dans la glace. Il se souvient d'une photo. Il a quatre ans. Jardin d'été. Il porte une salopette rouge. Sa mère et sa grand-mère lui tiennent la main. Que s'est-il passé?

Il ne sent plus le froid. Ni ses jambes ni sa mâchoire. Ni la main qui le secoue.

V

Gaston ouvre les yeux. La couverture qu'il remonte jusqu'au menton sent la lavande. Ses sacs plastiques sont alignés sur la commode. Une femme le regarde, les mains posées sur un ventre gros.

« Tu m'as cueilli sur mon grillage ? »

La femme hausse les épaules et touche son oreille.

« Tu parles pas français, Lurette ? »

La femme touche son oreille gauche, son oreille droite, ses lèvres.

« Ah ! T'es sourde dingue ! Tu sais pas articuler la syntaxe bruyante ? C'est bien ma veine ! Moi, Lurette, j'suis un bavardagineux ! Une moissonneuse à langage ! T'as pas ramassé l'roi du silence, crois-moi ! Dis, Lurette ? Tu lirais pas sur les lèvres, non ? J't'appelle Lurette, tu permets… J'appelle toutes les femmes Lurette parce que comme ça fait belle lurette que j'attends la mienne… »

La femme tire de sa poche une feuille blanche pliée en quatre et un crayon.

« Ah non ! Pas ça ! J'ai l'habitude de parler au grand vent comparse ! Ça serait bien le comble ! Le comble parabolique qu'un seul porte-cheveux au monde essaye de m'écouter et qu'y soit sourd ! C'est bien ma veinule !

Tiens, en parlant d'cheveux, j'les collectionne les poils-de-tête… C'est un peu sans fin cette collection, parce que les cheveux c'est renouvelable… Tu sais qu't'as des prunailles insolubles dans ma miséreuse chagritude ? T'as des yeux chavirants, Lurette ! »

Sur le papier, la femme se penche pour écrire. Gaston lui attrape le poignet.

« Lurette, j'voudrais pas changer d'sujet mais y fait grand-soif… T'aurais pas un p'tit chose à diluer dans la gorge ? Un apaise-gosier ? »

Le pouce déroulé dans la bouche et la tête renversée, Gaston mime le buveur. La femme montre du doigt le verre d'eau posé sur la table de nuit, faite d'un carton de déménagement habillé d'un chiffon.

« C'est ça, Lurette ! Prends-moi pour un clou ! Elle me montre un verre de mort ! Tu mets pas des mandales au froid avec un verre d'eau, Lurette ! Tu crois que j'ai l'chauffage central là où tu m'as pêché ? Eh non ! Il est en panne… ça va faire dix ans… »

La femme quitte la pièce et revient avec un sac plastique plein qu'elle tend à Gaston.

« T'es pas parlante mais tu vas à l'essentiel, Lurette ! Un p'tit sac pour dire dégage, bouffe aujourd'hui et crève demain, j'm'en lave les pieds ! Alors, voyons voir… du pain… une espèce de pomme qu'a quatre cents ans… des biscuits… et ça, c'est quoi ? Du jambon ! Alors ça, Lurette ! M'offrir un cochon, c'est fabuleux ! J'dis pas non ! J'dis pas merci non plus… faudrait pas s'outre-enthousiasmer pour du jambon… Tu sais comment on tue l'cochon, Lurette ? C'est pas pacifique… On l'attrape par les… »

Il ne parle plus et regarde immobile la femme qui tend un trousseau de clefs. Une longue clef jaune avec un panneton denté pour la porte d'entrée. Une courte clef argentée pour la porte de la chambre. Un porte-clefs. Il veut lever le bras mais rien ne bouge. Il est là-haut et il se voit en bas. Il voit sa barbe et ses mitaines. Voit son étonnement. Voit l'homme assis au bord du lit. Voit la femme qui attend en silence. Voit les clefs denses, chaleureuses, nourrissantes. La femme pose le trousseau sur la table de nuit. Du bout du doigt, elle indique un tour de cadran à sa montre.

« Tu rentres dans douze heures. J'ai pas appris à lire, mais ça, j'comprends, Lurette. »

Elle s'en va. Gaston retire ses mitaines et tâte les clefs. Il revoit la robe de crêpe rouge que portait sa mère dans *Trois crimes anodins et une funeste naissance.* À la fin du dernier acte, le noir absorbait les planches, dilatait les pupilles du public clairsemé. On ne voyait plus que sa bouche encerclée de lumière.

Or il me troublera comme un lâche assassin
L'enfant que j'ai craché par mes cuisses saignantes
Vient le temps d'exécrer les trois coups de poignard
Que châtie au centuple la funeste naissance.

Paroles grises chaque soir répétées. Oracle. Prophétie. Gaston, le tout-petit, tremblait et se laissait glisser, quittait son fauteuil, bousculait les genoux, entendait un mol applaudissement se faner dans les airs, dégringolait les marches jusqu'à la porte du paradis où deux bras tendus interrompaient sa course. La loge des comédiens. Il haletait sur son cœur et s'endormait dans un lent bercement.

« Tu l'as mis à l'école le p'tit Gaston ?

– Faut bien.

– Ça lui fait quel âge ?

– Ça lui fait sept ans et toujours pas foutu de lire ou d'écrire. Son maître dit qu'il fait un blocage. Un blocage de quoi ? J'voudrais bien savoir… Qu'est-ce que j'vais faire de lui, maintenant ?

– Tu vas en faire un mauvais comédien qui bouffe du rat ! Les chats font pas des chiens ! Tu dors chez moi ce soir ?

– Arrête ! Me touche pas !

– Tout le monde te touche, Gisèle… Fais pas ta princesse… J'essuie la poudre que t'as sur les seins… »

Gaston soupèse son sac à cheveux, le dénoue, extrait une pleine poignée qu'il étale sur la commode. Il trie les blonds, les blancs, les roux, les bruns, les gris, les noirs, les rouges. Dans chaque catégorie il regroupe les raides, les bouclés, les frisés. Il isole les spécimens qui ne rentrent dans aucune catégorie. Il en observe un de près, perplexe. « J'voudrais bien revoir le citron d'la lurette qui fait pousser des fils-de-tête bleus ! Ça m'enrogne, les teintures ! » Il s'interrompt brusquement, fait trois fois le tour de la pièce en frappant son front du plat de la main, renverse la table de nuit, se rue à plat ventre, passe le bras sous la commode et le sommier. S'enfuit en oubliant les clefs.

VI

Gisèle est face au piano. Elle ne joue pas. Elle m'a appelé. J'attends qu'elle parle. Son chignon fait de la poussière. Je sais qu'elle va dire quelque chose de grave parce qu'elle a adouci sa voix et n'ose pas me regarder. Comme quand elle a dit : « Julien, je n'irai plus jamais aux Fanettes, et tant que tu vivras chez moi, toi non plus tu n'iras pas. Si j'apprends que tu as rendu visite en cachette à l'Assassine, je te jette sur le palier, je ne t'entendrai pas crier. Puisque je suis sourde, je serai sourde. » Elle a posé les mains sur les plis noirs de sa longue jupe. Je ne sens même plus l'odeur rance qui m'avait tordu les intestins le jour de mon arrivée. Ce parfum sec d'urine de chat et d'air confit. « C'est pour ne pas me voir que tu rentres après la nuit ? Tu ne veux pas de moi mais tu veux bien de mon argent ! Mon argent ne veut plus de toi, Julien ! Il veut que tu travailles ! Moi, j'étais couturière, à quatorze ans ! Tu sais combien d'heures je travaillais ? Combien d'heures par jour, Julien ? » Je dis « douze ». Elle passe sa main sur le clavier, sans bruit, elle le caresse comme un chat, elle tremble. « Tu dis *douze* avec ta malheureuse voix d'enfant, mais tu ne sais rien, Julien. Tu ignores ce que c'est que d'abrutir un œil à la pointe de l'aiguille. La répétition imbécile. Les poignets qui ont des hoquets dans la nuit. Onze ans que je supporte tes gémissements et que je remplis ton ventre percé. Pour quoi en retour? Quels bienfaits? Ton silence! Les heures d'attente et ton ingrate absence! Tu traînes dans les livres d'images avec tes rois de France et tes donjons… tes ponts-levis… Tu te trompes sur la vie, Julien. Fous-moi le camp. Va tendre la main comme le vieux fou si c'est ce qui te plaît. Ici, tu n'es plus chez toi. Je ne suis plus ton avorton de grand-mère.»

Nous sommes coincés dans le silence qui suit les mots. J'attends que quelque chose se passe. Un bruit d'eau dans l'étang rouge de ma peur. Gisèle respire étrangement. Un sifflement s'est glissé sur son souffle. Ses mains quittent la jupe noire et restent suspendues un instant au-dessus du clavier. Elle joue. Ce sont *Les Ombres errantes.* Je compte les pieds de la pièce. Mes deux pieds nus. Les chaussons de Gisèle qui enfoncent les pédales. Les quatre pieds du tabouret de piano. Le pied en fonte de la cage aux oiseaux morts. Le pied de la lampe à l'abat-jour plissé. Les quatre pieds de la grande table où l'on éparpille une dinde le 24 décembre. Les quatre pieds des six chaises qui l'entourent. Le triple pied du guéridon où soupire mortellement le portrait de Léonard en uniforme d'officier. Les quatre pieds de la table basse qui porte la carcasse empaillée de Topinambour, lui-même dressé sur quatre pattes. Les quatre pieds du buffet en crapaud de boue. Ça fait cinquante-trois pieds. Je me mets à trembler. Mon estomac s'écrase au fond du ventre. J'entends: «Sors. Sors Julien.» La voix de Gisèle. Finale. Je vois Gaston, la salive grise du goulot, le grillage froid, l'ombre malaise, l'odeur, les sacs plastiques griffés de rides blanches, les lèvres bleues, ouvertes, le sang, le trottoir boursouflé de semelles, leurs gifles, des brutes, la nuit de la mort, la glace sous les ongles, cassés, le ventre noir. J'entends : « J'ai dit, fous le camp, Julien ! Maintenant ! » La voix de Gisèle. Face au piano. Elle ne joue plus *Les Ombres errantes.*

Je prends le pied en fonte de la cage aux oiseaux morts. Je soulève le bras. Mes jambes sont disloquées. Je n'ai plus de force. Gisèle se retourne. Ses yeux bleus effarés. « Julien, mais qu'est-ce que tu… » Le cri de Gisèle. Le pied rond en fonte noire. M'échappe. Renverse le chandelier. Gisèle debout. J'attrape sa main et serre les doigts maigres. Pression écœurante. Je lève le bras. La salive plein la bouche. Je frappe le front et sens la résistance du crâne. La tête, amollie, s'effondre sur le clavier. Un accord dissonant. Je tiens le pied, les mains jointes, hautes et solides. Le disque s'écrase, cru d'élan, sur la raie blanche des cheveux. Le cuir chevelu se fend. Le sang imbibe le chignon. Le sang rampe, noir, entre les touches du piano. Le silence. J'entends la sueur froide tricoter ma peau, mon cœur suce et crache des litres de sang. Le pied de la cage aux oiseaux laisse goutter un filet de sang sur mes pieds nus. Mon ventre se gonfle et se rétracte. L'asticot rouge ruisselle entre mes orteils. Je l'essuie avec les franges blanches du tapis. Des clefs contre la porte d'entrée. Un battement d'insecte déforme mes tympans. La clef tourne au ralenti, engluée dans une lenteur de cauchemar. Mes jambes s'écartent et se regroupent à la vitesse d'une palpitation de poisson. La fenêtre. Sauter ? Absorber le vide, les organes en suspens ? Compter le temps qui m'aspire vers le fracas des os ? La porte d'entrée pivote sur ses gonds. « Madame

Picq ! C'est Djamila ! Je pose le courrier dans l'entrée et je file ! J'ai rendez-vous à la Caisse d'allocations familiales ! Je repasserai ce soir pour les courses ! Bien l'bonjour à monsieur Léonard ! » La porte claque. Djamila descend les escaliers et s'éloigne du piano de Gisèle de plus en plus à chaque pas. Je regarde Léonard qui commence à jaunir, coincé entre les quatre coins de sa photo. Je chuchote : « Gisèle. » J'appelle : « Gisèle ? » Je crie « Gisèle ! » Toutes les Gisèle dites et criées se perdent autour de moi. Le pied de la cage aux oiseaux morts ne dira rien. Gisèle ne dira rien. Léonard ne dira rien. Topinambour, le chat empaillé, ne dira rien. Je ne dirai rien. Nous tairons tous la mort accidentelle de Gisèle.

Je n'imite pas l'écriture de Gisèle. Elle a pris l'habitude de me dicter son courrier. Son écriture, c'est la mienne. Je cours jusqu'à la porte de Djamila et fixe d'une piqûre de punaise la lettre au centre du panneau de bois.

Chère Djamila,

À partir d'aujourd'hui, c'est Julien qui s'occupera de mes courses et de mon courrier. Il peut bien faire ça. Moi, j'étais couturière à quatorze ans et je travaillais douze heures par jour. Je ne veux plus être dérangée chez moi. Pour les clefs de l'appartement et pour l'argent que je vous dois, adressez-vous directement à Julien.

Sincères salutations.

Gisèle Picq

VII

Loin, je suis près de lui. Et c'est à ses côtés que je veux le quitter. Je marche sur le trottoir. Je l'aperçois. Il enfonce le grillage à coups de pied. Les passants forment un demi-cercle pour l'éviter. Fourmis déviées par l'obstacle. Fourmis humaines qui succombent à la tentation d'observer du coin de l'œil le sous-sol de l'humanité, là, exquisément proche. Mais rien de nos corps ne peut les atteindre. Et nous pourrions mourir.

J'approche et ne le quitte pas des yeux. Un homme vient vers lui, ouvre une bouche, pousse un cri, agite le bras. Je cours. Mon ventre se nourrit d'une chaleur pâle, aspiré vers Doha-le-Jour. Une main me caresse en chantant.

J'ai tout oublié des orages en éclairs,
J'ai tout oublié de la vie,
Je suis endormie quatre pieds sous terre,
Do, ré, mi, fa, sol, la, si.
La douce comptine d'hiver
Prend l'âme et la tord en toupie
Ici, on voit entre les vers
Qui s'étiole et qui s'ennuie

Pendant cent ans je saurai taire
Qui m'attend et qui me fuit
Je suis la Mort, ton amie.

L'homme s'éloigne. Les passants qui s'étaient arrêtés pour regarder reprennent le fil de leur marche.

« Dylan ! T'as raté le pire des crouffignards ! Un lureau soudé au diable ! Il a dit : "Crains la punition des infortunés ! La vérole te mangera en commençant par le nez !" Tu parles d'un poète inoffensif ! M'arrive une misère fantastique ! Tulipe a pas pointé ses pétales hier soir ! Y m'a planté comme un bulbe ! Ah ! Elle est bonne, hein ! Tulipe ! Planté comme un bulbe ! Tu saisis l'astuce, Dylan ! J'me suis retrouvé à minuit sur le pavé ! J'ai fini en capilliculteur surgelé ! Mais faut croire que ma mort subite a pris d'pitance une lurette pas commune ! J'me suis réveillé, outrancé de confort sur un matelas d'une mollesse miridieuse ! Elle m'a refilé les clefs du paradis ! Mais attention, Dylan ! Pas de longs discours ! Pas d'auscultantes paroles ! La lurette est silencieuse ! Tu perces l'idée, Dylan ? Elle est pas lurette à s'embarrasser des mots ! Sourde comme un bol ! Mais alors des prunailles ! Des huîtres en aluminium ! La misère de cette fabulette c'est qu'elle m'a pêché sans ma bouteille ! Pauv' lurette ! Et devine ce qui flambait au fond du goulot comme une luciole désertique ? Le cheveu d'une étoile filante ! J'l'avais vissé dans une fiole creuse pour pas qu'y s'emmêle avec les autres... C'est bien mon artère, Dylan ! J'me suis arrangé d'une atlantique colère ! Rien qu'à me figurer mon météorite arc-en-ciel dans une benne à ordures, j'en ai eu la gaieté toute fanée ! Dylan ? T'es gris des joues... T'as enfilé un cercueil ?

– Tu pourrais sauter par la fenêtre du sixième étage, Gaston ?

– Tu m'appelles Gaston, maintenant ?

– Tu m'appelles bien Dylan.

– Dylan, c'est une promotion ! C'est mille reins mieux que Julien ! J't'ai déjà expliqué l'affaire ! Du sixième étage, tu dis ? Impossible, Dylan. Impossible de poser une question pareille quand tous les soirs on pose ses fesses devant une assiette fumante et qu'on couche sa carlingue en travers la moelle d'un lit chaud. Catégoriquement impensable. »

Il n'y a plus de chaleur et plus de rire dans sa voix. Il me regarde sévèrement. Il n'est pas mon père et je ne suis pas son fils. Pour cinquante centimes la strophe, Gisèle lui lisait lentement des poèmes de François Villon qu'il récitait dans un bar – l'Estaminet - rue Capron, près de la place de Clichy. Les clients préféraient ses *Intermittences du cœur,* ses *Infortunes de la lurette grivoise* et son *Éloge du capillophile.* Maman faisait semblant de comprendre ce qu'elle entendait et brillait du rond de l'œil en l'écoutant conter :

La mort le fait frémir, pâlir,
Le nez courber, les veines tendre,
Le col enfler, la chair mollir,
Jointes et nerfs croître et étendre.
Corps féminin, qui tant est tendre,
Poli, souef, si précieux,
Te faudra-t-il ces maux attendre ?
Oui, ou tout vif aller aux cieux.

Un soir, maman a tellement pleuré à l'Estaminet que Gaston nous a conduits rue Ganneron, au pied du cimetière de Montmartre. Il a payé la chambre. Maman a payé le supplément de soixante-cinq francs pour le matelas du petit. Le petit, c'était moi et le matelas, je l'ai pas touché. J'avais sept ans. Elle a dit : « C'est un comble de payer soixante-cinq francs pour se faire baiser ! » J'ai passé la nuit dans le couloir à entendre de petits bruits poussifs et inquiétants. En quittant l'hôtel, maman a dit à la femme assise sous les clefs, derrière le comptoir : « Le comble des combles, c'est de payer soixante-cinq francs pour se faire baiser comme ça ! » Dans le bus, elle me serrait dans ses bras. Je la voyais pleurer sans bruit dans le reflet de la vitre et sentais son ventre sursauter. Elle faisait semblant de se gratter sous les yeux pour essuyer ses larmes. Elle me serrait fort. Plus fort. Plus fort que Monsieur Barde-Dranqueuleux.

VIII

J'ai étourdi les clefs du paradis pour une étoile filante qui crèche en benne à ordures ! Quelle greuse tristerie ! J'me suis administré un litre et demi d'consolation... C'était pas du champagne ! J'ai mis la mitaine sur un p'tit rouge grappeux sous la langue... Une vraie tondeuse à molaires... Qu'un chien aurait pissé sur le pied d'vigne que ça m'saisirait pas d'stupeur... Où c'est que j'pionce, moi ? Si les lureaux avaient pas fardé toutes les façades en gris blancheux, j'en serais pas à chercher ma chaumière... Où c'est que j'crèche, nom d'une pelle ? La mienne de façade, c'était une grande carrée... La voilà ! J'te salue bien bas, ma porte ! Mais t'es collée ! Tu pèses une vache morte ! Tu veux un code secret, c'est ça ? Quinze cent quinze, comme la prise de la Bastille et *B* comme Bibine. 1515 B. Tu t'ouvres pas ? C'est que ça doit pas être 1515 la prise de la Bastille... Azincourt, 1415 ! Marignan, 1515 ! La couronne de Charlemagne, 800 pile ! Et la prise de la Bastille ? Un lureau à mon sauvetage ! C'est gracieux !

« Bonsoir, monsieur ! Mille hommages ! Vous voyez pas d'ennui pour la sécurité d'la nation si j'm'introduis à votre suite ? J'ai étourdi mes clefs et j'ai emmêlé mon moyen mémé-technique...

– Vous habitez quel appartement ? Quel étage ?
– J'suis pas du genre attentif à l'altitude…
– Désolé, c'est un immeuble privé. »

Désolé ! Il a dit « désolé », le lureau ! Désolé de quoi, grognard ! C'est ça ! Claque-moi la porte à la gueule ! T'as pas la vague impression que c'est pas des brioches qui tombent du ciel, crouffignard ! C'est d'la pluie ! Bordel de vie ! Connards d'argentés ! J'vous vomis dans le foie gras !

Ça fait deux lunes que Tulipe a escamoté sa face. On peut pas compter sur un alcoolisé. Moi-même, j'compte pas trop sur moi. Trop d'liquide désinfectant dans les artérioles. Gaston, c'est pas mon nom. C'est Gustave. Comme la tour en fer où tu raques un trésor pour prendre l'ascenseur et rouler des pioches à ta lurette. La cime miridieuse d'la tige Eiffel ! Parce que faut pas croire que la lurette prunaille la braguette de la tour, coincée au sol entre ses quatre semelles ferreuses ! Faut qu'elle lui grimpe au cou ! « Emmène-moi, Gustave ! De là-haut, on verra tout Paris ! » C'est quand même étourdissant Tulipe qui me plante en plein gel ! Tulipe, c'est une fleur de toute beauté, à la lisière entre la lurette et le lureau. Sauf qu'y s'est cogné la canine contre le poing de son père et qu'y lui manque une nacrée au beau milieu du dentier. Tulipe, c'est pas qu'un alcoolisé, c'est un lysergique, un lureau qui batifole avec les ergots de seigle pour se retourner l'paysage et détendre les sons en spirales. Tout a commencé y'a bien longtemps. Y s'est pris d'câlinerie pour un vendeur d'hallucinations… un mauvais grandluquet aux gigots osseux… Tournesol LSD que j'l'appelle. Mais son vrai nom c'est Tournesol. Il a suffi d'une chevauchée à l'Hôtel de la Mésange bleue… une nuit de japperies avec le père acide… pour qu'mon Mehdi qui s'appelait bien Mehdi depuis les calendes algériennes se nigaude en Tulipe. Toujours est-il que Tournesol s'est pas contenté d'rebaptiser Mehdi… y lui a aussi lysergisé l'appétit! Tulipe en a eu la cervelle toute gâteuse… L'autre jour, j'l'ai trouvé nu comme un lombric, à califourchon sur une boîte jaune… Impossible de le faire redescendre de son pied d'grue… Il attrapait le courrier par la fente de la boîte aux lettres et braillait aux passants des missives pas poétiques! « Madame Ponge! 7, rue Léon-Jouhaux! 75010 Paris! J'ai bien reçu le 27 mai dernier votre congé de l'appartement que vous occupez dans l'immeuble référencé en marge! À votre départ, vous voudrez bien faire relever vos compteurs de gaz et d'électricité et résilier vos abonnements! Par ailleurs, si vous avez été victime d'un dégât des eaux, votre responsabilité pourrait être engagée au cas où vous n'auriez pas déclaré ce sinistre à votre compagnie d'assurance! » Tulipe s'est mis à décapsuler le courrier galant de Mme Frenaison, les factures onérantes de maître Thénard, les menaces de suicide d'Octave éconduit par la Sylvette congédiante… « Profanation de boîte aux lettres » qu'on lui a rétorqué. Y s'est fait coulisser jusqu'à la cage de police. Un pas rigoleur l'a emmitouflé d'un drap rêcheux. Tulipe lui a collé une espèce de grand baiser policier qu'a déplu à périr à l'uniformé… Elle s'est fait embastiller, ma licorne! Et piquer son LSD qu'elle avait ligoté dans un papier d'aluminium au fond d'là où elle s'était figuré qu'on irait point lui réclamer…

Ma Tulipe a été relâchée toute fanée au p'tit matin chagrin... Elle m'a jamais raconté la nuit du cachot mais j'lui ai vu sa tristesse coléreuse et qu'les uniformés lui auraient pas respecté sa virginité que ça m'évanouirait pas d'hébétude...

« Ah ! Mille excuses, monsieur ! Mille courbatures ! J'ai endormi mes clefs à l'intérieur... chez la sourde-muette... j'voudrais entrer mais j'lui connais pas son altitude de palier si c'est votre supplique...

– Ah... vous êtes hébergé chez Mariette Lancelot ? C'est au rez-de-chaussée gauche. Passez devant... faites pas attention à moi... j'ai un peu abusé d'un saint-estèphe 88 que je qualifierais de pierre précieuse... et la température dans le taxi m'est montée à la tête...

– Faites pas attention à moi non plus... j'ai un peu abusé d'un gratte-trachée 2008 que je qualifierais de vomitif, mais le froid dans la limousine m'a rondement remis l'intelligence à l'endroit.

– Bonsoir... À votre santé !

– Bonsoir, Lureau ! Aux miracles de l'alcool qui ouvre les pires portes... »

IX

La cellule me tend le ventre. Sensation éternelle. Plus vieille que mon plus vieux souvenir. Il n'y a pas de cantine en prison. Pas ici. Pas en France. Je déjeune à l'étage inférieur du lit superposé, le plateau sur les genoux. À l'école, je parlais et personne ne remarquait ma voix. Je ne peux pas dire que les autres se moquaient de moi. Ils ne me voyaient pas. J'étais seul. Souvent assis. Je lisais pour m'abriter. La lecture donnait des allures volontaires à mon isolement. On m'appelait *l'huître*, mais sans malveillance. Je chérissais les mots qui m'étaient adressés. Je peux tous les dater et les réciter. Un 17 novembre, veille du concours annuel de fables, Céline Picard m'a proposé d'échanger son Héron contre mon Chêne et mon Roseau. Le marché était mauvais. J'ai refusé. Mais je me souviens de la voix de Céline qui se fraie un passage entre les cartables, s'approche sûrement, se donne, touche les aigus, existe un instant pour moi seul. Et il y a eu le 8 mai. Ce 8 mai où la neige est tombée. Si, c'est vrai, la neige. François Cardin-Landon m'avait remis quarante francs. Maximilien Voleur qui, d'habitude, faisait les rédactions de François, avait attrapé froid. La faute à la neige. Je l'ai remplacé. Quarante francs pour composer sur le thème « Votre plus étonnant souvenir d'enfance ». Tout le monde était mécontent. Le professeur, François, et même sa mère. J'avais imaginé le viol du petit François, à l'âge de sept ans, par son grand-père que j'avais choisi d'appeler André Cardin-Landon. Pure fiction, pourtant. J'ai dû rendre l'argent.

Je n'ai pas souvenir d'autres paroles. J'ai vu des enfants parler près de moi, j'ai vu leurs jeux, j'ai subi leur joie. Mais eux ne m'ont pas vu. Ils n'ont pas remarqué mon corps. Et mon corps s'est fait petit. Je lui ai demandé un matin de ne plus grandir sans imaginer qu'il obéirait si brusquement. Sous un portemanteau, je passais pour une écharpe. Assis à mon bureau, on me croyait absent. Et comme mon ventre se tendait quand j'entendais « Julien B...-D... » et que rien ne s'évadait plus loin que mon cœur battant ! La voix trempée d'irritation répétait « Julien B...-D... ? » Je me griffais l'intérieur des paumes. Une épidémie de rougeurs, un ravage sur mon visage. Je croyais parler mais rien ne résonnait qu'un petit murmure coupé. Il y avait toujours un élève pour crier d'une voix franche et compatissante – voix qui me faisait l'effet d'une main tendue et d'une gifle – « Présent ! » J'entendais le soupir du professeur s'abattre sur moi et malgré l'humiliation, un soulagement mâtiné d'indifférence ou de résignation m'envahissait le sang. L'espace cubique de la classe ne me concernait plus. Je m'enfonçais secrètement dans un état de transe, de sommeil, d'ambiguïté sensorielle. Je devenais volume sans pensée. Ma surface absorbait la douceur caressante de l'air. Le moindre grincement alentour apportait à mes oreilles une satisfaction moelleuse. Les bruits de voix, de trousses, de chaises craquantes, d'ardoises rayées par la craie, se mêlaient en un prélude admirablement conçu, alternant des mouvements lents où mon corps alangui s'abandonnait au bercement d'un calme grondement, attentif à l'écho intime de chaque note murmurée, et des mesures plus rapides où mon âme exultait. Les sonorités graves me brûlaient à feu doux. Les notes aiguës soûlaient de teintes vives la voûte de mes paupières rabattues. C'est dans ce chaudron harmonique que trempait mon cœur alors qu'il pénétrait les bois chantants de Doha-le-Jour.

Le plateau est agencé en compartiments. La compote de pomme est dans un trou. Le fromage blanc est dans un trou. Le morceau de pain est dans un trou. Le porc et les petits pois sont dans un trou. Je suis dans un trou. Nous trouvons tous notre place dans un trou ici-bas. Je ne fais plus aucune des activités qui me sont proposées. Alors je n'entretiens plus l'illusion de la vie. Je passe vingt-trois heures par jour dans ma cellule. J'y suis seul. Une chance. Et une indicible solitude. Au sens propre. Une solitude qu'aucun mot d'aucune langue ne peut dire. Mon numéro d'écrou est le 914092. Dans le silence, les sons ne témoignent plus de la vie. Ils ne se recyclent plus en préludes. Plus de couleurs. Doha-le-Jour s'est démantibulé, rayon après lumière, tiédeur après caresse. Même ma voix ne me parle plus de la vie. Elle est une nature morte. Elle se confond aux autres bruits de la pièce. Les pages d'un livre sous mon pouce. Mes pas. La télévision de la cellule voisine. Je parle sans m'en rendre compte. Il m'arrive de fredonner quelques notes, assis sur mon lit, le dos cassé. Ce sont les *Fauvettes plaintives.* Indéfiniment. Il me faut toujours trois mesures pour reconnaître les fauvettes. Elles me crèvent le cœur et s'enfuient par la serrure. La porte est vert d'eau. À la façon des jardins d'enfants. Quelle ironie. À la façon des hôpitaux. Que soigne-t-on ici ? Je n'ai pas de regrets. J'ai assassiné Gisèle Picq. Et l'autre aussi. Sans méchanceté. Instants de peur déployée. Il y a si longtemps que je n'ai plus rien de commun avec le garçon dont les jambes tremblaient devant Gisèle fendue, le sang à plat sur le clavier. J'ai perdu la musique. Les bois chantants. Je suis ici sans raison. Je suis calme. Les jours s'essoufflent, des sifflements. Lente répétition. Les jours d'ennui se confondent avec la nuit. Immortelle suspension du sens. Destruction du temps. Je repense chaque jour et sans passion à la masse de fonte qui s'est abattue sur leurs deux crânes aimés.

X

Djamila m'attend au milieu de l'escalier. On dirait une figue endeuillée avec sa tête pointue et ses fesses emmaillotées dans leur culotte noire. Le blanc de l'œil vermiculé de griffes rouges, les cernes en abricots secs et fripés, les joues humides. Elle remue lentement la tête de droite à gauche, emportant le corps entier dans un vacillement dangereux. Elle dit mon prénom. Je ne dis rien. J'imagine. Après avoir lu la lettre, elle a grimpé quatre étages et cogné quatre coups à la porte de Gisèle. « Ouvrez, Madame Picq ! Ouvrez-moi ! Est-ce que c'est des façons de traiter les gens ! Je suis pas un chien ! Vingt ans que je vous monte les courses ! Dites-moi au revoir dans les yeux ! C'est pas demander la lune ! J'vais vous les rendre vos clefs ! Mais en mains propres ! » Et rien. Pas une voix. Pas un glissement de chausson sur le parquet du couloir. Alors Djamila a sorti son trousseau de clefs. C'est ce que j'imagine. C'est ce que redoutent mes jambes en laine qui s'évanouissent sous mon poids.

Mais je me trompe. Je suis agrippé, hissé vers les cieux, encastré dans une paire de ballons mous, désarticulé de baisers. Djamila m'éclabousse de mots doux. « Mon petit, mon angelot, mon enfant ! » Elle me lâche brusquement pour saisir mes deux mains.

« Julien, y m'ont tué mon bébé ! »

Endolori par l'étreinte, je balbutie.

« Ton… ton… bébé ? Tué ton bébé ? »

Les larmes creusent ses joues en rigoles brillantes.

« Il s'est suicidé ! Il devait sortir dans deux mois ! Mon bébé ! Y va avoir vingt-quatre ans le 4 avril ! Il les aura pas ! »

Elle glisse les clefs de l'appartement de Gisèle dans la poche de mon blouson et, d'un clin d'œil, m'invite à entrer chez elle. Je dis « Gisèle m'attend ». Djamila m'embrasse sur les lèvres. Je sens sa langue tendre et tendue. J'aimerais l'embrasser longtemps. Elle dit : « Tu entres ? » Je la suis. Elle disparaît dans l'autre pièce. Je me vois dans le miroir, pommettes saillantes, maigre, peau pâle, cheveux lustrés, immobilisant la lumière. J'entends : « Viens ! » Djamila a tiré les rideaux de la chambre à coucher. Nue. Elle est assise au bord du lit, les cuisses ouvertes. Ses cheveux lâchés s'accrochent en boucles de suie à la pointe des seins. Je me déshabille en vitesse, scrutant, dubitatif et curieux, l'endroit dont on entend souvent parler. Je n'y trouve pas la couche frisée de poils sombres que j'imaginais, mais une blessure fendue. Je m'agenouille entre les cuisses et applique la bouche sur la nageoire pourpre. La texture est flasque et poisseuse. Je suis répugné et consciencieux. Je pose les mains sur le ventre, hésite, masse, caresse une zone duveteuse autour du nombril et me résous à capturer les seins qui, du corps entier, sont les seules grosseurs à me plaire. Djamila est silencieuse. Que devrait-il se passer ? Je n'en sais rien. Je fais semblant d'embrasser une cuisse pour m'y essuyer la bouche. J'entends le rire de Djamila. Je regarde mon sexe. « Qu'est-ce que tu attends, mon chéri ? » Je regarde Djamila. Je n'ai pas profité du baiser gluant pour percer l'énigme morphologique du sexe féminin. J'ai repéré un petit renflement durci, mais rien ne m'autorise à croire qu'il camoufle un passage. Quant à l'orifice d'où s'écoule le liquide élastique, il présente – je crois – un diamètre insuffisant. D'ailleurs, tout ici paraît trop petit. Devant tant d'exiguïté, je demeure interdit. Djamila passe ses jambes autour de ma taille et m'attire. Mon sexe entre dans son ventre. « Pardon ! » Je m'écrie, la main à plat sur la petite butte osseuse de son bas-ventre. Djamila rit. Son rire est doux et je m'enfonce malhabile dans la colle étroite de ses cuisses, le torse palpitant, au rythme d'un paresseux déhanchement. Djamila s'ouvre en une respiration ronronnante, circulaire. Retarder. Retenir la fin. Je ne peux pas. J'éjacule. Je dis : « J'ai fini. » Djamila rit à nouveau. Ses lèvres roses s'étirent en sourire. Je m'habille pendant que Djamila pleure, allongée sur le ventre. Je quitte la chambre. Avant de partir, j'aimerais lui dire que je suis triste moi aussi et que nos tristesses sont amies. Mais je suis déjà sur le palier. Je compte les marches. Je les nomme une à une. La première s'appelle Idir. La deuxième s'appelle Idir. La troisième s'appelle Idir. La quatrième aussi. Aujourd'hui, toutes les marches portent son nom. Idir est mort, mon amour.

J'ouvre la porte et fais semblant d'entendre le petit soupir que j'entends tous les soirs quand je rentre. *Bonsoir Gisèle.* Je me bouche les oreilles pour ne pas entendre la mort faire la muette. *Le dîner, c'était à l'heure du dîner.* Je vais dans ma chambre. Je pose le front contre la fenêtre et savoure son baiser glacial qui, jusque dans les dents, me blesse. En face, une façade à fissures et volets blancs, et plus haut, le toit en taule grise, les antennes chevelues, un vieux pigeon déchiré, accroupi sur sa cheminée, découpé dans l'aluminium du ciel. À la place du pigeon, c'est Monsieur Barde-Dranqueleux. Il fume sa craie de fusain. Je l'observe, il me voit. J'entre à Doha-le-jour. La lumière gronde de petites notes graves. J'articule les orteils. Je suis un piano. Une moelle sonore. Un carillon de côtes traversières. Je suis la joie, impensable légèreté. Chaque clignement de cils, cercle du poignet, courbe du regard, je le cisèle en mélodie, j'affine les sons jusqu'au silence. Ni les mots ni les couleurs pour dire l'infime altération d'un sentiment, mais la musique. Passage d'une joie à l'autre joie. Imperceptible chute. Lentement modifie l'élan de la langue, de la larme au creux de la fossette, du doigt arc-bouté sur le clavier, du cheveu sur l'épaule, incertaine position, hésitation dansante. Un cheveu, tu dis ? La collection de cheveux de Gaston dans le sac en rides blanches. Je trébuche. Doha-le-jour de moi s'est arraché.

XI

« Ton ébriéteux d'voisin t'a appelée Mariette Lancelot ! J'préfère pas y souder garde. J'peux quand même pas m'enticher d'une *Mariette Lancelot* ! Ça existe pas cette appellation ! J'me suis pas noyé dans les courbatures remerciantes ce matin, Mariette-Lurette. C'est pas de l'ingraterie, tu sais… c'est des émotions pas causantes. Les clefs, ça force le silence. J'ai pas toujours collectionné les fils-de-tête… J'étais d'un poétique à l'époque ! La reine Gisèle, c'était ma liseuse. Elle marchandait ses liseries strophette par strophette. J'les collais à ma mémoire, les vers, aussi nombreux que possible j'en faisais des piles et des cartons… Tu les aurais vues les lurettes de l'Estaminet ! C'est pas pour fanfarader, mais alors, quel succès ! Leurs mains claquantes ! Leurs bouches grandes percées ! Leurs prunailles qui miroitaient et qui coulaient ! En parlant d'prunailles, c'est diableux ce qu'elles sont belles les tiennes… J'y toucherais bien… J'ai les mains rutilantes, tu sais ! J'ai fondu la nuit entière dans ton bac à mousse… À c't'aube, j'suis ganté d'propreté ! Faut qu'j'te dise, Mariette… T'as commis l'irrémissible… T'as suicidé mon trésor ! Tu m'as pêché sans ma bouteille ! Y'avait une cordelette d'étoile filante entortillée dans l'goulot... Tu l'as trucidée sans savoir... Mais j'ai plus une griffe de remontrance, Mariette-Lurette... Et puis t'as pas fait exprès... J'te fais rire ? T'es enchantante, quand tu rigoles... C'est joli d'pas faire de bruit... Y'a d'la douceur dans ton silence... Moi, c'est pas pour déranger que j'suis tout en paroles, c'est parce que ça m'fait des compagnies. Dis-moi Lurette, c'est ta chaumière ici ? Les murs ? Les fenêtres ? C'est un logis prêté ? Ah ! Ça doit être ta mère, vu la concordance des prunailles ! C'est une photo époustouflante, Mariette ! Alors, c'est chez ta mère, ici ? Ça doit être un cadeau d'mort. C'est bien, les hériteries... On s'entend à ravir toi et moi, Lurette-Mariette... J'parle pas pour rien avec toi. Ça m'tisonne de tristesse. C'est la faute à la joie. Tu saisis l'ironie du bonheur ? Enfin hier, quand même, à minuit mûrement tapé, j'suis rentré et j'ai trouvé ton papier avec des mots scotchés à la table de sommeil... Je cerne pas l'écriture, c'est vrai, mais rien que d'te mirer en pensée, renversée tout entière sur le papier... t'imaginer improviser des mots dans ta boîte à intelligence gazonnée de fils-de-tête, musarder la mine dans tous les sens, me parler en crayon à moi seul... quelle allégresse... Tu ris encore ? Tu t'escamotes ? C'est quoi, ton gagne-miettes ? Oui, je sais, un tour de cadran et tu reviens ! Mais pendant qu'l'aiguille tournicote, qu'est-ce tu grisouilles ? Tu pourras pas toujours te marrer au lieu d'répondre, Mariette ! Moi, j'm'en vais commettre des larcins d'poils-de-tête... tu sais... pour ma collection capillaire... »

XII

Si c'est pas un chétif! Un osseux vertical! Mon Dylan est pas plus gras qu'un profil de six de trèfle… Va nous finir transi d'trottoir comme sa croûterie d'vieux père… Ça lui pend aux cheveux! C'est pas dans cet emballage qu'y va nous vriller des lurettes. Tiens, y m'prunaille… Qu'est-ce qu'y peut bien s'figurer à m'voir flanqué sur l'asphalte? Ça l'piétinerait de verte honte que ça m'saisirait pas d'hébétude… Lureau d'espèce discrète, y doit pas trop apprécier mon invasion cartonnée sur le domaine public… Qu'est-ce que c'est qu'ce grand châle rose qui lui goupille la glotte? En voilà des façons de s'harnacher! C'est l'tissu d'Gisèle, cette lainade monstrifère! J'reconnais ses vilaines franges de tapis! Elles m'éternuaient au groin pendant qu'Gisèle me lisait François.

Je connais que pauvres et riches,
Sages et fols, prêtres et lais,
Nobles, vilains, larges et chiches,
Petits et grands, et beaux et laids,
Dames à rebrassez colletz,
De quelconque condition,
Portant atours et bourrelets,
Mort saisit sans exception.

Pourquoi y s'en emmitoufle les cordes vocales ? C'est sûrement pas Gisèle qu'a cédé l'fichu en offrande… la termite est pas prêteuse, c'est là sa moindre calamité… J'me remémore pas une seule strophe médiévale qui m'aurait pas coûté une tempête de centimes… « C'est pour pas t'habituer » qu'elle marmonnait, la vieille mygale ! « C'est pour que t'apprennes la lecture… tu feras rien sans la lecture, Gustave… tu finiras va-nu-pied… » J'ai pas perdu mes semelles, Gisèle ! Tu parles d'une secoureuse… Faire raquer son marmot pour lui inculquer l'artisanat d'la lecture ! Moi, j'disais « poète à l'Estaminet »… elle disait « mendiant dans un bar d'ivrognes »… y'avait pas d'entente figurable… Ça m'fout d'un chagrin… C'est bien croyable que sa carrière toute miséreuse de comédienne lui donnait des jalousies à m'voir ravir l'Estaminet six fois la semaine… La couture de jeunesse lui avait rompu la motricité gracieuse… Elle en avait les tiges de mains toutes tordues… Et puis ses cours de piano dans son clapier aux effluves de pisse de yack, c'était pas des master class… c'était juste pour rendre les fins de mois plus rondes. Après, pauvre Gisèle, tout est allé de mal en pis… T'es devenue mi-pute à tes demi-heures… Pas du genre hors de prix… Même miséreusement gratuite… Mais quelle laideur cette pelure rose !

« Dylan ! Tu comptes encrimailler les lurettes déguisé en rideau ? Qu'est-ce que c'est qu'cet édredon en croûte de poils ?

– C'est le châle de Gisèle. Tu le reconnais pas ?

– Non, ça m'dit rien. Vu l'immonde épouvantail, j'm'en souviendrais, Cow-boy… Crois-moi ou crois-moi pas, mais la lurette samaritaine qui m'a cambriolé l'écorce y'a deux lunes vient d'me transfuser toute une fiole de filtre amoureux… Faudrait qu'tu la soupèses du cœur quand elle rigole sans faire de bruit ! Quelle poésie ! J'ai plus une larme dilapidable en idylle capillaire ! Même la mort violente d'mon étoile filante me laisse plus froid qu'une laitue ! Et toi, Dylan ? Une lurette de passage ?

– Non. T'as pris un bain ?

– Un bain ? Tu veux rire ! Une piscine olympique ! Les thermes romains ! Mariette avait une mère qu'on va appeler Lison mais qui s'appelait peut-être Andrée ou Greta, ça, on sait pas… Et Lison avait des prunailles d'huître royale, c'est photographiquement prouvé. Le jour de son trépas, Lison a légué à Mariette un logis trop grand pour son orpheline de muette. L'immensité d'la chaumière a poussé ma Silencieuse à recruter l'âme coïncidente ! L'amoureuse compagnie d'un poète capillophile… J'voudrais l'enrougir avec des tiges fleuries ! T'irais pas m'subtiliser un bouquet au marché, Dylan ? J'avais bien pensé à un bouquet capillaire, j'ai d'quoi faire, mais la lurette aurait pas bien saisi la poésie… En parlant d'fleurs, j'ai étourdi Tulipe…

– Qu'est-ce que tu veux pour ton bouquet ? Des marguerites ?

– Ah, non ! Quelle lacune de séduction, Dylan ! On offre des marguerites à son facteur ! On nourrit son chien avec des marguerites ! Non Dylan ! Des *roses* ! La fleur, c'est la rose !

– Quelle couleur ?

– Si tu trouves couleur huître, ça serait parfait.

– Huître ? C'est dans les gris, ça ?

– Gris ? Dylan ! L'huître, c'est couleur de palpitation ! C'est perle précieuse ! C'est pas gris !

– Papa, elle existe pas, ta fleur.

– On croirait entendre Gisèle quand elle m'a viré du clapier ! "Ton métier existe pas, Gustave ! Collectionneur de cheveux, c'est bon pour Sainte-Anne !" qu'elle chouinait en s'essorant les yeux dans cette immonde pelure rose qui t'étouffe la trachée ! Un peu que j'la reconnais ! Elle est laide comme son âme ! Tu pleures, Cow-boy ? Qu'est-ce qui t'entriste la gaieté ? J'ai dit une connerie ? T'as une chagritude amoureuse ?

– C'est Gisèle. Elle m'a mis dehors.

– Quelle mygale, cette lurette ! Elle fait toujours les activités à moitié ! Même pute, elle se faisait pas payer ! Tu parles d'une femme d'affaires… Tu parles d'une mère ! T'estropie pas la joie pour cette roitelette… J'ai les clefs du paradis ! Prunaille-moi ça ! J'ai de quoi t'encrécher tous les soirs ! Dylan ? T'aurais pas des piécettes ? J'irais bien adopter un flacon d'eau minérale à treize degrés… C'est pour la froidure, tu sais… Ah ! C'est beaucoup trop ! J'te rendrai la monnaie ! T'es pas causant mais t'as toujours les piécettes sur le gras des doigts !

– J'ai quoi ?

– Le cœur sur la main, Dylan… »

XIII

Je préfère dormir avec Gisèle. Elle est vivante si je suis là. Elle a changé d'odeur. Le salon pue le fruit pourri. Elle ne crie plus jamais. Le silence du couloir pue le fruit pourri. Ça sert le ventre. Je me cache sous le napperon et j'écoute Gisèle jouer à travers les dentelles. Elle se redresse, saignante. Ce sont *Les Ombres errantes.* Elle enfonce si tendrement les touches que je n'entends rien. Je vais à Doha-le-jour. Personne n'y entre dans les larmes. Alors j'essuie à pleines paumes mes pommettes, éperons d'arêtes vives, tachées de peine liquide. À Doha-le-Jour, sous un ciel d'or ébloui, tout est lumière, circulaire fantaisie, incapable de noir, de Gisèle, de fruit pourri, de goulot à salive ou de cris. La musique trace une portée imaginaire, fresque mouvante, s'éclaircissant, brusquement fendue par l'éclair, lavée sous l'orage, sombre toile, gouache marine, brodée en étoiles, aube subite, vingt-huit teintes murmurent leurs prénoms,

rouge râde,
jaille d'étain,
zhâne,
fardelle de mercure,
iside,

tonde sable,
bleu d'égante,
cestueuse,
noir diaphon,
fasque claire,
louve de prîs,
chadal,
gris-muse,
lacelle de zinc,
odève primaire,
aragaze,
ître basaltique,
jaune d'heuse,
cê d'Is,
égriette,
ïlate,
ouanne,
aphin d'éther,
beige cuissant,
lith sombre,
daffodie,
soie onah,
vert d'hui.

Gisèle est face au piano comme un pêcheur face à la mer, libre de fuir où file la barque mais scellée à la barque, réduite au cercle du tabouret qui couine quand le corps verse par-dessus bord. Rides tortueuses, mains esclaves, pupilles agrandies par la nuit, par l'immense mélancolie des *Ombres errantes.* Je la dessine avec un doigt en suivant ses contours mouvants. Protégé par le napperon, je guette à travers les creux indiscrets des serrures de coton. Son chignon fait de la poussière. Flux et reflux des chaussons, force retenue, mécanique, métronomique, des orteils en procession. Gisèle vit si elle se fait musique. Quand Gisèle ne joue pas, elle est un chignon à poussière, un dé à coudre, un cri. Gisèle joue sans s'arrêter. Elle a oublié qu'il y a longtemps, elle coupait ses ongles et les enfonçait à moitié dans de petits monticules de pâte à modeler. Elle a oublié qu'elle collectionnait les ongles comme Gaston collectionne les cheveux. Oublié qu'elle les aimait pour leur incongrue poésie. Elle les préférait aux timbres ou aux galets. C'était des morceaux de corps arrachés, des lambeaux de vie.

L'ourlet de la nappe me fouette l'œil. L'odeur de fruit pourri me pince l'intérieur du nez. Je quitte Doha-le-Jour.

Gisèle s'est couchée, tête brisée, sur le clavier rouge du piano. Je rejoins ma chambre en réprimant au fond du ventre l'envie qui doucement me prend. Envie de courir à travers la fenêtre et de laisser mon corps jusqu'au bout du trou s'effondrer. Je m'étends sur le lit, paumes tournées vers le ciel. Musique morte. Vide autour. Goulot de salive. Masse puante, ventousée au trottoir. Maman perce dans son sommeil Monsieur Barde-Dranqueuleux de douze coups de couteau. Je me souviens du bruit. Presque aucun bruit. Bruit de lame dans le tissu, bruit spongieux, bruit poisseux. Bruit de silence.

XIV

Offrir des tiges coupées ! Quelle boucherie barbare ! Alors qu'un bouquet capillaire… J'me fendille en regrets ! Elles sont bien maigrifères ! Et puis c'est pas couleur perle… j'lui avais bien dit *couleur perle*… Faudrait pas qu'Dylan se mette à croire les lureaux… M'inquiète cet enfant… Verse pas des enclumes dans la poésie… Finira concret… J'irais bien jeter une paupière sur les muletteries qu'on lui décalque à l'école… Ça soupire la lacune poétique… Allons, Gaston ! Droit devant ! C'est l'heure de l'assaut botanique ! Ça va lui rendre la parole à ma Mariette… Petite porte, ouvre-toi…

« Mariette-Lurette ! Je suis rentré ! C'est Gaston ! Perle chavireuse ? C'est qui, ceux-là ? Tu veux pas non plus les foutre à suppurer dans mon nid, tes lépreux ? C'est pas l'Armée du Salut ! Pendant qu'on y est, on pourrait faire la queue en rang d'échalotes pour siroter des bols de soupe ! Et c'est quoi toutes ces ferrailleuses ? Tu les as payées au poids ? C'est plus des doubles, c'est des centuples ! T'as distribué nos clefs à des inconnus d'ivrognes tuberculeux ! Agite pas l'citron comme une tordue ! Tu comprends pas pourquoi je braille ? C'est ça ? Tu te trouves déjà merveilleuse âme d'avoir traîné ma carlingue alcoolisée dans ton dispensaire d'épaves ! Tu vomis mon ingraterie, Mariette ? Moi je vomis ta lacune miséreuse de cœur ! Tu peux pas te figurer ma peine ! Ramener des clochards dans notre chaumière ! Mes fleurs de perle, t'as qu'à en faire une litière pour tes gerbeux ! »

C'était pas pour moi tout son silence.

XV

« Tes tiges pétalifères, Cow-boy, c'était des ronces. Elles m'ont essoré la joie en un clin d'cheveu. J'avais pourtant dit *couleur perle*! T'aurais vu ses p'tites prunailles d'huître… Prise en flagrant délit d'inhumanité, la Mariette! Elle nous a pioché deux soûlauds, la tourterelle en mal de samaritainerie… Bien enfoncés sur des matelas d'un luxe à vous tricoter la nausée! Mais avec sa besace de trahison en travers de l'âme, elle était encore jolie à trépasser… Ses fils-de-crâne! J'ai pas un poil-de-tête dans toute ma capillothèque qui lui arrive au bulbe! J'm'étais figuré des après-midi à lui tenir les mitaines au bord d'la Seine… À lui choté-chut les sons qu'elle entend pas au fond des ouïes… J'ai cru qu'c'était gratuit! J'suis plein d'salive, Dylan… J'pourrais tout cracher là… me trouer l'écorce… ça finirait en fuite de sang jusqu'à la dernière goutte de larme… Allez! Pour pas m'vider faut qu'j'me remplisse! Dégote-moi trois p'tit bidons d'filtre à oubliettes… Rouge sur rouge rien ne bouge! Le moins cher, Cow-boy… Pas la peine de s'ruiner les poches pour s'ruiner la gaieté… Soutire-m'en quatre, ça suffira… Pas d'excès d'bonheur un jour de deuil ostréicole… J'en crois pas mes loupes! Tulipe qui ramène ses feuilles! Mire-moi cette strophe articulée, Dylan! Une marionnette lunaire!

– Bonjour Gustave, bonjour Julien.

– Me complique pas l'éducation, Tulipe! Appelle-le Dylan!

– Dylan? C'est un nom d'abeille! C'est ravissant…

– C'est toi qu'es ravissante, Tulipe! Sur le tarmac on voit que ta carrosserie! C'est radieux! J'sais pas si c'est les plumes bleues… ou la voilette de pucelle qui s'prend les plis dans tes talons-épingle… mais t'es luisante! T'as mis des tringles sous ta jupe à dentelle?

– Ce ne sont pas des tringles, Gaston. Ce sont des cerceaux de jupon. Un jupon de dentelle *au crochet.* Ça n'est pas de la dentelle mécanique comme on en voit partout.

– Chipaille pas sur les mots, Coquelicot! Qu'est-ce que t'articules bien les syllabes! Y'a pas un porte-cheveux pour articuler comme toi! T'es tout autant poète que moi, Nervure!

– C'est impossible d'avoir une conversation avec toi, Gustave. Oh, Julien! Quel corps d'ange tu as! Passe me voir aux Plantes cette semaine, je te ferai essayer mes dernières confections. Tu pars déjà?

– J'vais acheter… »

Ça me bouche le ventre. Gaston. Sa trogne. Le goulot percera les lèvres et leur corne noire. La peau de son visage. On l'a arrachée et tendue en rond sur une cible. On a joué aux fléchettes. On a joué aux brûlures. On l'a renfilée sur son crâne, cramoisie et criblée.

« Y va m'acheter des rinces-l'âme… Va, petit!… M'est survenu des magies, Tulipe! J'ai mis l'pouce sur une lurette de la mer!

– Suzie-la-Poissonnière ?

– Non ! Pas Suzie ! Pas comparable, Tulipe… Suzie est à la mer c'que j'suis à l'eau minérale… Une étrangère ! Une marine d'eau douce ! Une épave ! Ma Lurette, c'est Mariette Lancelot ! C'est l'huître chavireuse !

– Une passante ? Une de celles qui te donnent un cheveu ?

– Une de celles qui me donnent ses clefs, Tulipe ! Un trousseau ! Une serrurière ! Mais en pleine croissance émotive, elle m'a gratté l'espoir… Elle s'est mise à distribuer notre logis à des membres de la grappe à 13 degrés…

– Elle recueille des sans-abris ?

– Elle recueille rien du tout ! Elle chute amoureuse à tous les bouts d'trottoirs ! Une aubergine, comme on dit !

– On dit plutôt un artichaut, Gustave.

– On dit ce qu'on veut !

– Non, on dit d'une personne qui donne un petit morceau de son cœur à chacun qu'elle a un cœur d'artichaut, à l'image de l'artichaut qui est fait de feuilles que l'on arrache une à…

– Tulipe ! Articule les sons normalement ! C'est pas des acrobaties naturelles tes paroles ! Ça sent l'ergot ! Tournesol LSD t'as encore retapissé la syntaxe…

– On va se marier ! Je suis fou de joie !

– Quoi ! Tournesol LSD et toi ! Tu vas unir ta magique allure à ce grelot lysergisé ? C'est une calamiterie ! Alors, c'est ça ? Pendant que j'suçais les glaçons du pavé, t'emballais les dragées pour l'épousade ? J't'ai attendu, Tulipe… toutes les nuits…

– Je sais, mais je ne peux plus te faire entrer gratuitement aux Plantes.

– Gratuitement ? Tu t'encrânes que les autres pensionnaires s'y ruinent en or ? C'est un squatt de piqués, Tulipe ! C'est pas le Lutetia !

– Ça n'est peut-être pas le Lutetia, mais tous les autres font un geste envers Tournesol… Ils revendent un peu de couleurs, eux.

– Ah voilà ! Ils rendent des p'tits services à la logeuse ! C'est bien gracieux ! Ils exportent les pastilles d'allégresse ! Ma Tulipe ? T'es une de ces misères de revendeurs qu'ont les veines nouées à la Faucheuse ? T'as pas d'yeux ou quoi ? Tournesol a pas d'amour pour toi !

– Arrête, Gustave ! Il m'aime tellement qu'il va m'offrir l'opération !

– Quelle opération ? La bouture de mamelles ?

– Oui, je suis fou de joie !

– Tu l'as déjà dit ! Ça m'enclot l'espérance tes épousailles forcées !

– Personne ne me force, Gustave ! Tu ne connais pas Tournesol. Tu es jaloux.

– Jaloux de l'ergot bipède ? Avec sa tête de champignon et ses calottes d'amanite phalloïde sur la cervelle ? Tu perds tes pétales, Tulipe… »

XVI

L'odeur va glisser entre les planches, courber l'échine sous la porte d'entrée et suer jusqu'à la dernière marche. Tout le monde saura que Gisèle a la tête fendue. J'irai en prison. Je fais brûler des bâtons d'encens. Je plante leur épingle en carton dans les terriers des vers à bois. Sur le piano. Sur le plancher. Sur le meuble qu'épie du coin de sa photo l'époux Léonard, colorié en cordelettes, en épaulettes carrées, en médailles à queues rouges, en disques d'or à la boutonnière. C'était un officier.

La fumée d'encens se déplace dans une lame de soleil. Longue ondulation voilée que brise mon souffle. Mais toujours revient le fruit pourri. Infecte acidité. M'attrape la gorge. Je m'approche d'elle et regarde ma main blanche s'élever au-dessus du clavier, trembler par à-coups, douter du chemin vers le corps intouchable. Gisèle. Cette écorce de peau est comme. Comme celle de Monsieur Barde-Dranqueuleux. Il disait *ne bouge pas*. Il disait *ne bouge pas mais ne reste pas figé*. Il disait *habite-toi*.

Monsieur Barde-Dranqueuleux était peintre et j'étais son modèle.

XVII

J'entends des cris. C'est Djamila. Je descends l'escalier, à chaque marche, chaque pied posé, elle crie. Crie qu'il s'est pendu dans sa cellule avec un drap.

« Quand il était petit… il avait pas cinq ans… j'ai vu une voyante… "Il vous fera que des ennuis"… que des ennuis… elle l'avait dit… C'était pas un enfant sage comme toi, Julien… Tu ferais pas de mal à une mouche, toi…

– À une mouche, non.

– C'est moi qu'a demandé, Julien ! Sinon y m'auraient pas dit, ces fils de pute ! J'disais "Pendu ? C'est impossible ! Pendu avec quoi, fils de chienne ?"

– Pleure pas, Djamila…

– Et le plus vieux des deux, y répond : "Avec un drap qu'il a fait passer par-dessus le bras métallique de la télévision." Alors j'lui dis : "Qu'est-ce qu'y passait à la télé ?" Y m'regarde avec des grands yeux et y dit "Comment ça ?" J'lui dis : "Mais qu'est-ce qu'y passait comme film à la télévision quand y s'est pendu, fils de chienne !" Et là, le plus jeune, y m'regarde l'air gêné, il hésite un peu et y dit : "Un film pornographique, madame. Je suis désolé."

– On va dans ton lit, Djamila ? »

Quand elle glisse sa langue, l'extérieur entier – les pulsations, la sueur sexuelle de l'air, l'alchimie de nos chuchotements – pénètre rageusement l'intérieur.

Ses larmes reviennent. Et jusque dans mes pieds, tout se charge d'une lourdeur et d'une coupure. Je la serre contre moi, caresse ses cheveux. Je lui chante d'un fil de voix, d'un tremblement, la berceuse d'autrefois.

Trois fauves bruns
Griffent par jeu
Le doux berceau
De l'endormi
Trois gouttes tièdes
Tombent au hasard
Sur son sommeil
Une goutte-miel
Sur les yeux clos
Une goutte-larme
Sur la fossette
Cave et discrète
De la joue blonde
Une goutte-sang
Sur le hochet
Du silencieux
Cadavre bleu

« C'est une poésie ?

– Non, c'est une berceuse. C'est pour m'endormir quand je vais à Doha-le-Jour.

– *Doha-le-jour* ? C'est quoi ça ?

– C'est au nord. Au nord du Sud-Est.

– T'as jamais quitté Paris, Julien ! T'es sûr que t'y es allé à Doha-truc... ou on t'a raconté ?

– On m'a rien raconté ! J'y suis déjà allé.

– Quand alors ?

– J'y vais presque tous les jours.

– Ah... c'est ça...

– C'est quoi ?

– C'est rien.

– C'est quoi, Djamila ?

– C'est quand tu es triste. »

Elle a baissé la tête. Je vois son sourire. Pas sur ses lèvres mais dans les fentes rieuses des joues. Deux fossettes se creusent animalement jusqu'à la voie lactée du khôl.

« Tu ne poses plus de questions, Djamila ?

– Non. J'ai compris.

– Ça m'étonnerait. T'as rien compris.

– Doha-le-Jour, c'est un pays... c'est un village... où tu vas chaque jour... Les maisons, c'est des maisons du Nord et du Sud-Est avec des toits gris et roses... C'est ton plus bel endroit.

– Il y a une lumière qui parle.

– Pour t'endormir, elle chante la berceuse.

– Elle la chuchote. »

Elle s'allonge sur le matelas et me tire par le bras. L'oreiller sent la peau de Djamila, le sommeil confit, les sécrétions des rêves. Les parfums qui enivrent me rappellent toujours le même endroit. L'atelier de Monsieur Barde-Dranqueuleux.

« Djamila... Pourquoi maman est en prison ?

– Tu le sais.

– Pourquoi ?

– Julien !
– Pourquoi !
– Parce qu'elle a tué ton père.
– Pas du tout. C'est pas pour ça.
– Pourquoi alors ?
– Parce qu'elle a enfoncé douze fois la lame du couteau dans Monsieur Barde-Dranqueuleux.
– Oui, c'est ce que je dis. Pourquoi tu l'appelles "Monsieur Barde-Dranqueuleux" ?
– Parce que c'est son nom.
– Il te manque, ton papa ?
– Je vois Monsieur Barde-Dranqueleux à Doha-le-Jour. C'est lui qui s'occupe des couleurs et de la lumière.
– Julien, dans ta tête, ça tourne pas tout à fait... Bon, et qui s'occupe de la musique à Doha-le-Jour ?
– C'est Gisèle avec son piano. Et comme je suis écrivain, j'écris les paroles des berceuses.
– Tu es écrivain ?
– Oui. Enfin bientôt. Je serai écrivain quand j'aurai écrit *La Vie ratée de Gisèle Picq*. Mais j'attends qu'elle meure pour commencer.
– Tu t'occupes bien d'elle ?
– Très bien. Je reste près d'elle toute la journée.
– C'est pas facile de lui parler, on dirait qu'elle a tout détesté dans la vie... Est-ce qu'elle te parle à toi ? Moi, elle me disait presque rien. Comme si j'étais pas là. Elle m'a même pas dit au revoir.
– Elle est complètement silencieuse. Elle ne quitte plus son piano.
– Alors qu'elle sait plus jouer depuis longtemps.

– Tais-toi. Elle joue très bien ! C'est la faute à ses doigts qui se sont cassés dans la couture.

– Mais non, Julien ! Elle joue n'importe comment ! Ses doigts tombent d'un coup sur les touches ! Ils sont tout le temps en retard… Quelquefois elle se balance et elle fredonne un machin, elle dit que son attaque est trop faible, elle le dit tout bas, "trop faible l'attaque". Elle dit : "Bach, il faut attaquer comme si on ne s'était jamais arrêté de jouer." Mais elle touche même pas le clavier ! Elle devient folle, Julien ! Au bout d'un moment elle retourne ses mains, elle essaie de les déplier mais elle y arrive pas. Et ça lui arrache des larmes de douleur.

– C'est des larmes d'émotion. Tu comprends rien, Djamila. Moi aussi, je pleure quand je l'entends jouer. Et elle joue à l'intérieur. C'est pour ça que t'entends pas.

– Elle joue à l'intérieur ? C'est un peu facile, ça ! Moi aussi, je peux jouer à l'intérieur !

– Vas-y. Je t'écoute. Joue à l'intérieur.

– Voilà. Je suis en train de le faire.

– J'entends rien.

– Ça m'étonne pas.

– Moi non plus, ça m'étonne pas parce que tu sais pas jouer à l'intérieur. Il faut avoir joué toute sa vie à l'extérieur pour pouvoir jouer à l'intérieur. Il faut être sur le point de mourir. Il faut jouer sans arrêt, la nuit et le jour. Il faut souffrir sans arrêt. Il faut regretter toutes les joies et toutes les peines de sa vie. Il faut avoir la nostalgie des moments inventés, les moments heureux que l'on n'a pas eus et qui nous manquent. Quand Gisèle joue *Les Ombres errantes*, j'entends chaque note et, entre chaque note, j'entends que Gisèle ne s'arrête jamais de jouer et qu'elle ne s'arrête jamais de souffrir et qu'elle ne s'arrête jamais de regretter les moments inventés.

– Qu'est-ce que t'as, Julien ? Tu parles jamais, d'habitude ! Tu trembles…

– Je me sens un peu seul. Accompagne-moi aux Fanettes. Gisèle ne veut plus y aller avec moi.

– Ah non ! Je foutrai pas les pieds en prison ! Tu es assez grand pour y aller tout seul ! Y m'ont tué le petit ! Tu te fous de moi, Julien ? Y m'ont pendu mon bébé au bras métallique ! Et rhabille-toi, Julien, tu trembles !

XVIII

Je me demande si c'est de la honte. Ce n'est pas de la honte. La seule honte, peut-être, qui loge dans un étage souterrain de ma peau, c'est la honte de mon silence. Je dois lui dire. Je lui dis dans une minute. Il a des croûtes noires sur les lèvres. C'est le froid. Il tire sur le fil de laine qui pend de sa mitaine et donne un coup sur le grillage qui me rebondit sur l'arrière du crâne. Il dit : « Merde ! Merde ! Mire l'épidémie laineuse, Dylan ! » Il me prend le bras, il dit : « Manque plus qu'les chaussettes se mettent à perdre leurs dents et j'suis à poil comme un mouton ! Tondu comme un serpent ! Tu pourrais pas m'enjoliver des mitaines meilleurement fagotées, Cow-boy ? Quand un fil de mitaine se fait la belle, faut pas s'laisser imaginer des miracles de régénération reptilienne ! C'est toute la toison qui prend la poudre d'escampette ! » Je lui dis.

« Gaston, je t'appelle Gaston parce que tu n'es pas mon père et il n'y a pas de raison que je te donne un autre nom. Quand je te vois, j'ai peur. J'ai peur que tu me demandes d'aller acheter de l'alcool, j'ai peur que tu me demandes des gants, des fleurs, de l'argent, un blouson volé. Tu me fais mal au ventre. Tu pues. Je n'ai pas honte de toi, mais j'ai honte d'être assis à côté de toi. Moi non plus, je n'aime pas les gens qui nous regardent quand ils passent. Et moi aussi, je déteste les gens qui ne nous regardent même pas quand ils passent. C'est pour ça que je reviens. Mais tu me fais mal. Tu es seul. Tu cherches une étoile filante. Tu parles à une muette. Tu mendies des cheveux. Tu ne te sers pas des mots pour parler. Comme moi. Je suis comme toi. Je ne me sers pas des mots. Mais ça me donne tellement de colère, ta saleté. Et quand tu tapes le grillage, quand tu me touches les cheveux, ça me fout de la salive plein la bouche. Après, je descends dans le métro et je cogne dans les poubelles, je donne des coups avec les pieds et les poings, je gueule et ça ne retire rien dans mon ventre, ça me laisse avec mon ventre. Gaston, j'ai peur que tu me dises que tu m'aimes. Je ne pourrai pas le supporter. »

Nos visages sont face-à-face, si proches, je laisse l'odeur du vin rouge me grignoter la bouche. Gaston ne peut pas me regarder. Il cache ses yeux sous ses mains. Je vois ses doigts durcis d'engelures et de corne, les ongles quelquefois gris, granuleux, opaques, ailleurs effrités, striés de tirets blancs. Il essaie de rire mais j'entends sa gorge qui tremble et quand il lève le visage, ses yeux penchés sont pleins d'eau.

« Mais alors, j'te dégoûte ? Tu viens pour la pitié ?
– Tu me dégoûtes, mais je ne viens pas pour la pitié.
– Casse-toi, Julien. »

Debout est d'une étrange mollesse. L'émotion m'a absorbé la force. Mes genoux sont fragiles. Ils gigotent de droite à gauche sans se fixer au centre. Je m'éloigne, mes pieds sont légers, presque loin du sol, et tous les trois pas, j'imagine un mot qui comprend l'étendue sidérale de ma joie :

paloïne
un, deux, trois,
miral brik
un, deux, trois,
palonfage!
un, deux, trois,
hestrique !
un, deux, trois,
sange ! sange rouge !

XIX

Ouvre, Sourditude ! Mariette ! Lurette Lancelot ! Déparalyse tes oreillettes ! Ça fait des misères de lune que j'suis là ! C'est moi ! C'est Gaston ! J'suis parti comme un grognassion la dernière fois… Alors j'viens supplier des indulgences ! J'me suis un peu alcoolisé les artérioles, tu sais… J'ai un ou deux grains d'raisin dans l'estomac… Mais j'suis plus en colère ! J'suis calme comme un étang ! Et j'ai changé d'avis, tu sais… si tu veux, tu peux jouer à l'Armée du Salut dans notre chaumière… Ça fait que nous prouver ta gentillesse ! C'est très acceptable comme manie… Ça nous dit pas où on créchera toi et moi, mais c'est pas une tare en soi de collectionner les clochards… Moi-même, tu remarqueras, j'suis pas d'une propreté désinfectante… Mariette ! Qu'est-ce que tu fais là ? J'te croyais à l'intérieur ! T'étais au gagne-miettes ? Les pépins m'sont montés à la tête… J'm'étais mis en cervelle que tu dédaignais d'ouvrir la porte pour cause que j'avais critiqué ton Armée du Salut… Aïe ! Touche pas ! C'est rien ! C'est la froidure qui fait ça ! Tu veux m'hospitaliser les lèvres ? D'accord, Lurette, je te suis… Je te suis partout… Tiens ? Y sont où les lépreux ? Les roupilleurs assermentés ? Les bourgeonnants du museau ? Tu leur as donné un p'tit sac plastique et y sont partis ? C'est ça ? Y voulaient que grailler et pioncer ! C'est des ingrats, Mariette ! Ils ont laissé en plein milieu leur sac de dormage ! Quand même... accueillir des clochetons... c'est louche, cette lubie humanitaire... Qu'est-ce que c'est, Mariette ? Laisse-moi d'abord renifler la fiole... T'es soudée au diable ! C'est d'la vigne à 600 degrés ! C'est pas pour te dépiter dans ta volonté infirmière mais avec les cascades de rouges gratteux qu'elles se prennent, elles sont déjà désinfectées depuis belle lurette, mes lèvres... Aïe ! Mais t'es cerbérienne, Mariette ! C'est de l'acide chlorhydrique, ton filtre amoureux ! Aïe ! C'est qu'elle me tient le crâne à deux coudes, cette sadique sauveuse ! Qu'est-ce que c'est qu'cette gnôle infâme ! Même raide bourré j'lui sentirais son alcoolémie à cette piquette ! C'que t'es ravissante, Mariette ! Ravissante ça veut dire ravisseuse, ça veut dire voleuse... Tu m'ravis la dépression et y me reste plus qu'la gaieté amoureuse... Tu viens avec moi ce soir, Mariette ? Au château du Sacré-Cœur ? J't'aurais bien fait résonner d'la ferraille Eiffel, mais y'a des droits de douane faramineux... Alors qu'au château du Sacré-Cœur, c'est gratuit, et de là-haut, à dix mille six cents mètres d'altitude vertigineuse, on peut voir tous les... Tu m'tiens la main, Mariette ? C'est pire que miridieux ! J'te parle beaucoup parce qu'à force, j'ai l'soupçon qu'tu vas m'entendre... Ça s'entend mieux qu'le reste, la poésie... Tu sais Lurette, mon fils Dylan y confond l'mensonge et la poésie... Quelle chagrinade... Y m'a dit des choses, Mariette... Comme quoi que j'le répugnais... que j'lui balafrais l'estomac… que ça lui remontait une honte pas commune de s'mettre à côté d'moi en rase-trottoir… Il a dit *saleté,* Mariette… C'était une glacière, sa voix… Comme quoi que j'étais pas son père ! C'est moi qui lui ai pioché la chaumière chez ma mère… Sans ça, il aurait créché à la DASS, tu sais… Gisèle, c'est une comédienne couturière qu'a tourné pute et pianiste… Elle a attrapé Dylan quand la géniteuse du p'tit a pris dix ans de refroidissement carcéral pour tuerie conjugale… Une histoire de canif à longues canines plantouillé dans la cuirasse du mari… Et sous les prunailles du marmot, par-dessus l'souk ! Faut pas s'interloquer d'hébétude si Dylan en a gardé comme un trou rêveur à l'esprit… Ça lui a fait un traumatisme au squelette… y s'est mis à dégrandir… de jour en jour, y dégrandissait de plus en plus… Il a tellement dégrandi qu'aujourd'hui y fait onze automnes de hauteur alors qu'il a presque l'âge d'Hannibal quand y traversait les collines pyrénéennes avec ses éléphants ! Il a venimé que j'étais pas son père, et qu'y m'appelait Gaston parce que je méritais pas d'autre nom ! Comment tu veux que ça m'suture les autres plaies, ce poignard au cœur ? J't'ai déjà dit que quand j'étais petit, j'courais dans la robe rouge de Gisèle ? Elle me soufflait dans les fils-de-tête… « *T'as des cheveux d'or mon angelot… tes cheveux, c'est des queues d'étoiles filantes… j'aimerais jamais en perdre un seul… j'voudrais les collectionner dans des écrins en soie pour les regarder plus tard… mon tout petit Gustave qui sait toujours pas lire… pas écrire… qui ne parle jamais… qui fait semblant de pas comprendre… mais je vois bien dans tes yeux que tu comprends tout, mon petit silen-*

cieux… » Alors tu viens ce soir ? Tout là-haut ? C'est radieux, Mariette-Lurette ! J'vais rescaper Tulipe d'un hymen opiacé et j'reviens te cueillir, Lurette-Lurette…

XX

Je suis arrivé dans la nuit persistante d'une aube d'hiver. J'ai longé les palissades. Je me suis glissé de profil à l'endroit de la fente. Coincé entre deux parois grises, enfoncées l'une sur le haut de ma cuisse, l'autre en plein sur le souffle de mon torse. J'ai été pris de peur-tambour. Mon cœur palpitait sur la lame froide. Mes gants repoussaient la succion de l'étau. J'ai cru sentir chaque côté de la palissade se rejoindre à travers mon corps coupé. Je me suis dégagé d'un coup, d'une colère de bassin. La fente en me quittant a vibré – plainte ondulante de scie musicale. J'ai marché tête baissée. Les machines de chantier avaient sculpté dans la boue des géométries de guerre, des crevasses de pneus où l'eau de pluie, brillante de lune, me reflétait, soucieux, courbé, tout en vitesse et en enjambées. Je croisais des tuyaux de caoutchouc, reptiliens, à demi enfouis sous le sable. Le vent courait en tourniquet sur le terrain vague, se cognait aux chenilles d'une pelleteuse qui broutait du bout de sa longue nuque articulée un buisson de béton, hérissé de lianes de plomb. Derrière la girafe ruminante, j'ai suivi un collier saoul de traces de pas, descente sinueuse jusqu'à l'entrée du bunker en forme d'igloo. J'ai reconnu la peinture rouge sur le casque de chantier : *Les Plantes. La Piquerie des Amis.* J'ai descendu l'escalier en comptant les marches. La pièce souterraine était noire. J'ai attendu debout, immobile. J'ai écouté les ronflements, les frottements des couvertures sur les matelas de carton, les demi-voix du sommeil. Je me suis agenouillé, les yeux écarquillés. J'ai distingué un à un les rouleaux humains qui, fondus à l'odeur grasse de bière et de peau, se soulevaient et s'affaissaient au rythme calme d'une respiration commune. Le froid m'a infecté les pieds. J'ai écarté les orteils. Je n'ai rien senti. Je me suis déplacé à quatre pattes dans l'obscurité, sur le sol jonché d'objets. Attentif aux souffles mouvants pour me guider entre les corps. J'ai reconnu l'odeur de Tulipe. Odeur unique de pluie sur l'asphalte chaud et de papier brûlé. Je me suis collé sans bruit à sa forme fœtale. Maintenant, je tire très lentement la couverture sur mon épaule. Je sens sa tiédeur m'envahir le corps. Le sang circule à nouveau dans mes pieds et ça me fait mal. Tulipe sursaute. Sa respiration se coupe. « C'est toi ? » Je chuchote : « C'est Julien. Je voulais pas te réveiller, j'avais froid. » Il me serre contre lui. Je me tourne face à lui. Je le devine dans la nuit et pose ma langue sur ses lèvres. Il recule. J'attends. J'entends quelqu'un parler dans son sommeil. C'est une femme. Elle dit : « Attention ! Bousculez pas ! C'est d'la porcelaine de Limoge, pas du papier crépon ! » Je pose ma langue sur ses lèvres. Je les lèche d'un coin à l'autre du sourire. Je rentre dans sa bouche. Elle est douce et glissante. Il recule encore. Sa petite langue m'échappe. « Je ne peux pas faire ça, Julien ! Je vais me marier avec Tournesol dans quatre heures ! On sera uni pour l'éternité ! » Tulipe a de grands yeux jaunes de fauve qui brûlent dans le noir. Il a une voix, comme *Les Ombres errantes.* Pendant qu'il parle, il défait mon pantalon et serre mon sexe entre ses doigts. « Je suis quelqu'un de très fidèle, Julien. » Il me branle avec une parfaite intuition du rythme, de la pression. « Je veux bien te sucer un peu, mais pas trop. Tournesol se moque de moi parce que je suis fleur bleue ! » Il coule sous la couverture, me lèche avec le dard rouge de la langue, enfonce mon sexe au fond de sa gorge, cale sa perruque sous mon nombril. Longue frange blonde qui lui coupe le regard et se mêle aux clignements d'yeux de ses faux cils. Les liquides de mon corps gonflent, pèsent, noircissent, se pétrifient en un totem solaire. J'éjacule, accroché aux invisibles poils d'or qui se dressent sur sa nuque.

« Il faut que je te montre ma robe et mon voile, Julien ! C'est ravissant… J'ai l'air d'une fée ! Je suis tellement émue de me marier ! Tu restes pour la cérémonie, mon ange ? »

J'entends des hommes bâiller, j'entends leurs muscles s'étirer sur les cartons.

« Tu as des nouveaux habits pour moi ?

– J'ai des dentelles ! Des chemisiers de corsaire à col flottant et des pantalons en velours prune ! J'ai même… combien tu chausses ?… des bottillons d'écuyer avec des lacets en cuir rouge ! Je t'ai dit pour l'opération ? »

Il soulève sa chemise de nuit et dirige ma main sur son torse.

« Tournesol va me payer des seins ! Ils seront là et là ! Je vais devoir réajuster mes bustiers ! Ils seront gros comme ça, mais pas plus gros. Avec des bouts gros comme ça. Je ne veux rien de vulgaire. Ils auront la forme d'un bulbe d'iris. Tu pourras me faire l'amour autant que tu voudras ! Non... finalement non... je suis trop fidèle pour ça... tu ne pourras pas me faire l'amour. Seul Tournesol aura le droit de me toucher. C'est très important la fidélité, mon ange.

– Pourquoi ?

– Parce que je veux être une vraie mariée, Julien ! Je veux être vierge et fidèle.

– C'est trop tard, Tulipe. Tu ne peux plus être vierge maintenant.

– Pourquoi tu me dis ça, Julien ?

– Parce que tu couches avec tout le monde. Tu demandes à tous les garçons que tu rencontres s'ils peuvent te baiser.

– Ça me fait beaucoup de peine ce que tu dis. Je propose aux garçons de faire l'amour avec moi parce que je suis sensuelle. Ça ne m'empêche pas d'être vierge. Je peux très bien être une jeune mariée vierge !

– Non, tu ne peux pas.

– Qu'est-ce qui te prend, Julien ? D'habitude tu ne parles jamais. Qu'est-ce qui te prend de dire que je ne suis pas vierge ? Et depuis quand tu parles ?

– Je parle, c'est tout. Je parle à Gisèle, je parle à Djamila, je parle à Gaston et je te parle. Je te dis que tu ne peux pas être une jeune mariée vierge. Tu es très joli mais tu n'es pas vierge et tu prends trop de LSD.

– C'est vrai, tu me trouves jolie ?

– Oui, je te trouve très joli, je n'ai même jamais vu quelqu'un d'aussi joli. Tu es si joli qu'on ne sait même pas si tu es une fille ou un garçon.

– Tu le penses vraiment ? Parce que j'ai entendu des gens d'ici dire que j'étais un vieux travelo camé habillé en pétasse ?

– Pas du tout, Tulipe. Moi, je te trouve bouleversante. Tu marches comme une danseuse et une marionnette dans la rue. Tu es tenue par des fils. Tu es aussi belle qu'une musique très ancienne. Tu me plais autant que la musique de Couperin.

– Ah, oui ? C'est merveilleux, Julien ! Mais qui c'est, ce Coupe-reins ?

– C'est un compositeur que Gisèle connaît très bien.

– C'est quoi comme genre de musique ?

– C'est comme ta dentelle au crochet. C'est quelque chose qui te parle de ta vie d'aujourd'hui mais qui te parle aussi des moments du vieux passé, ceux que tu n'as pas vécus et qui te manquent.

– Tu veux que je te dise un moment du passé qui me manque ? C'était le jour de mes douze ans. Le jour où j'ai eu mes règles. J'étais le petit garçon le plus heureux de la terre ! Je me suis enfermé dans les toilettes du collège pendant quatre heures. Qu'est-ce que ça saignait ! Ce sont les pompiers qui m'ont fait sortir. Tout le monde me regardait. J'ai expliqué aux pompiers que j'avais eu mes règles, que c'était la première fois, que j'avais paniqué en voyant tout le sang et que c'est pour ça que je m'étais enfermé dans les toilettes. Mais eux, ils ont dit que c'était une tentative de suicide, à cause de mes poignets et de la lame de rasoir. Et ensuite, l'infirmière a convoqué mon père et lui a raconté que j'avais un *trouble de l'identité sexuelle.* Elle aurait mieux fait de se taire parce tu vois le trou que j'ai devant ? la dent qui manque ? C'est mon père, en rentrant à la maison. »

La lumière au-dessus de nous. Droit dans l'œil. Allumée par un garçon qui grelotte et fait flotter ses jambes noires dans un vieux caleçon. C'est une lampe de poche suspendue à un câble. Les filaments de tungstène entortillés se collent à ma rétine et s'impriment partout. Je regarde Tulipe. La vrille éblouissante lui barre la figure. La pièce humide est répugnante. Les traînées oblongues d'urine sur les murs, les cartons mouillés, les couvertures fourrées de vivants, la langue pendante du berger allemand, les petites cuillères tordues, les monticules de mégots, les boîtes de conserve découpées au canif, les canettes de bière, les seringues regroupées dans les coins, les sacs en plastique, les plaquettes de médicaments, les raviolis épars, les morceaux de sucre, les tessons de bouteilles, les bombonnes de gaz couchées sur le ventre, les boules de coton. Je vois une fille en petite culotte se lever et griffer l'intérieur de ses cuisses en hurlant. Elle est en sueur. Ses cheveux lui collent aux joues. Elle tape sur les veines de son poignet et crie : « Putain ! Putain ! Aidez-moi ! Putain ! » Ses lèvres sont sèches et blanchies. Elle pleure, frappe ses veines sur la pliure de coude. On voit les os de son visage. Elle a la peau grise. Le fil vrillé de tungstène se pose sur le front de la fille qui tord dans ses mains moites la peau de ses seins. Tournesol s'approche d'elle et saisit ses avant-bras. Elle crie : « J'suis mal ! Aide-moi ! » Elle essaie d'essuyer sur son épaule la bave qui goutte de sa bouche. Tournesol la secoue par les bras. « J'veux pas de tarée aux Plantes ! Tu te calmes ! La prochaine fois que tu te pieutes et que t'as rien prévu pour le réveil ! pas le moindre shoot d'héro ! même pas un putain d'cachet de codéine ! j'te fous dehors !

T'entends ? Tu m'entends ? » Il la lâche. Elle tombe et se démantibule sur la couverture. Tulipe prend ma tête dans ses mains pour détourner mon regard.

« Tournesol est obligé de lui expliquer comme ça, Julien ! Sinon, elle va recommencer ! Elle est complètement insouciante, celle-là ! Il lui a déjà dit quinze fois ! Cette fille, elle nous vole quand elle est en manque ! Elle m'a pris mon LSD la semaine dernière. J'étais en colère mais je n'ai rien dit parce que je savais que Tournesol allait la mettre dehors. Il ne faut pas juger Tournesol… Il est très gentil… Il va me payer l'opération pour les seins… Il me donne tout le LSD que je veux… et des kilomètres de tissus… de la dentelle… et la machine à coudre pour l'atelier… Tiens, suis-moi dans l'atelier, mon abeille ! »

XXI

C'est une crevière ! Poussez-vous, les opiacés ! Quelqu'un pourrait m'dire où Tulipe grignote son ergot ? Qu'est-ce qu'y m'articule, le poinçonné des artérioles ? Quoi ? Moi ? Je cherche le Bulbe ! La Tulipe des champs ! Où, tu dis ? Au fond d'quoi ? Dans *l'atelier de confection* ? T'en as du vocabulaire pour baptiser un placard ! Y s'atiffonne de pelures de mariées à voilette ? C'est ça ? Quelle fracasserie du bon sens ! Ça m'enrogne la patience, ses amourades narcotiques !

« Tulipe ! Qu'est-ce que c'est qu'ce félidé monstrifère ?

– C'est un chat, Gustave. J'aimerais bien savoir avec quelles intentions tu t'invites aux Plantes le jour de mon mariage ?

– Un chat ! Tu vas porter un chat crevé pour l'épousaille ?

– Il n'est pas crevé. C'est un chat empaillé en souvenir de papa. C'était son chat. Je veux qu'il assiste à la cérémonie à sa façon.

– Et t'as pris un rat surgelé comme témoin ? T'es fou, Tulipe ! Ça te suffit pas d'épouser un champignon ?

– Qu'est-ce que tu fais là, Gustave ?

– J'veux qu'tu m'expliques une dernière fois pourquoi tu te greffes au fongique à tête de courgette.

– Gustave, ne gâche pas cette journée ! Ne critique pas Tournesol sans savoir ! C'est tellement rare qu'il m'arrive quelque chose de vraiment romantique !

– Mais t'es crucifiante de connerie, Tulipe ! C'est un merdique petit dealer de speed qui rackette des toxicos dans son squat pourri, qui te gave de LSD et qui te fait tapiner pour se payer ses shoots d'héro ! *Romantique*, c'est pas ça, Tulipe !

– Tais-toi ! Je ne tapine pas ! Je suis à moitié vierge ! C'est un mariage d'amour ! Tu dis ça parce que tu es jaloux ! Et pardon de te rafraîchir la mémoire mais il y a encore quelque temps tu étais bien content de dormir aux Plantes gratuitement tous les soirs !

– J'vois pas ce qu'il y a de gratuit, Tulipe ! Se faire réveiller par les crises de manque des camés qui bouffent leur bave, ça a un prix ! Ça te fout quand même la détresse sous la tronche, non ? Regarde-les ! C'est triste à pleurer, Tulipe ! Ça te froisse pas la dentelle toute cette merde ?

– Tu parles mal.

– Quoi ?

– Tu es très grossier.

– Mais t'as l'hypophyse trouée, Tulipe ! J'suis grossier ? Parce que tu la trouves délicate, ta chambre à coucher ? Regarde l'autre miséreux là-bas qui gerbe sur ses seringues ! C'est pas grossier comme décor ? C'est pas agressif ?

– Il a fait des excès hier soir, il se sent un peu barbouillé. Tu es quand même mal placé, Gustave…

– Tulipe, regarde-moi. Vous allez vous entremêler maritalement avec Tournesol ?

– Oui, dans une heure.

– Où ça ?

– Ici. Aux Plantes. Et Julien sera là… Il est passé ce matin. Je l'ai habillé de la tête aux pieds. Il est d'une élégance ! Contrairement à toi, il n'a pas l'air de trouver que je vis dans une cave pleine de vomi.

– Dylan ? Dylan est passé ici ? Ouvre bien tes écoutilles, Tulipe ! Le premier bout de LSD que je trouve dans sa poche, j'te fais bouffer tes boutures de mamelles et j'éclate la tronche de ta mycose de maquereau avec une clef anglaise. J'suis clair ?

– Tu n'es pas clair, tu es grossier et tu pues l'alcool. Tu aimes ma robe ?

– Elle est miridieuse ! Tu miroites de beauté ! Je veux que ta gaieté, Tulipe… C'est pas pour t'obscurcir la joie que j'endommage ton mariage ! Tu peux pas unir ta poésie perceuse aux veines piquées du Tournesol pour une pauv' paire de mamelles synthétiques !

– Tu ne sais pas de quoi tu parles, alors ne parle pas. Tu restes pour la cérémonie ?

– Plutôt noircir !

– Gustave ! Fais-le pour moi… S'il te plaît…

– Qui est le prêtre ?

– C'est Nora.

– Nora-le-Cerne ? C'est la pire des oscillantes ! Elle tient pas sur ses semelles ! Y'a tellement d'came dans sa carlingue qu'elle pourrait s'vendre aux enchères, elle deviendrait rentière jusqu'à sa mort !

– J'ai fait un sondage et c'est la plus proche de Dieu.

– Ça m'étonnerait ! Avec ses creux d'cadavre aux bajoues, ses cendriers sous les prunailles et ses veines à ornières ! Tu parles d'une canonisable ! La seule prouesse qui la rapproche de Dieu, c'est qu'elle a déjà neuf orteils dans la tombe !

– En tout cas, c'est la plus religieuse de nous tous. Elle connaît une femme qui a un frère… enfin pas un frère, mais un ami qu'elle considère comme son frère… qui était sur le point de devenir prêtre… et puis il a rencontré une femme et il a dû y renoncer.

– C'est tout ? C'est ça ta Nora Prêtresse ! L'amie au troisième degré d'un lureau défroqué avant même d'avoir gribouillé sa première messe ? On frôle de l'ongle la grâce divine !

– Oui, mais cet homme lui a appris à lire dans la Bible.

– Et alors ?

– Alors, on a choisi un passage extraordinaire. Elle le lira tout à l'heure.

– Tu crois en Dieu, Tulipe ?

– Tout le monde croit en Dieu.

– Et toi ?

– Moi ? Regarde, Gustave. C'est des larmes de joie. Je n'ai aucune raison de croire en Dieu. »

XXII

Gisèle est assise. Je m'approche d'elle. Mes pas sont plus légers que les grains de poussière qui ensevelissent le poil roux de Topinambour et lui donnent cet air de chat de musée vissé par les coussinets à sa savane de nylon. Gisèle joue *Les Barricades mystérieuses* de Couperin. Elle les jouait le matin de mon arrivée. Je me demandais souvent à quoi ressemblaient ces barricades. Je les imaginais différentes des murs des Fanettes où était enfermée Rosalie et différentes des forteresses peintes que m'offrait M. Barde-Dranqueuleux et qui me procuraient de vives joies quand, après trois jours passés au fond d'un donjon à embrocher des rats du bout de mon épée, me venait l'idée cannibale d'assassiner le paysan qui partageait ma cellule, de le dépecer avec mes canines cariées, de sculpter son tibia en forme de clef et de m'enfuir par les passages secrets – longs boyaux qui longeaient souterrainement les douves du château et débarquaient inopinément au beau milieu du banquet que Dame Meurisard donnait pour les nobliaux de la province. L'imagination est un lieu amoureux. Elle ne promet rien, ne punit pas. L'imagination vaut mieux que Dieu.

Les Barricades mystérieuses, je les imaginais grumeleuses, creusées de niches en dentelle, taillées par des millénaires de vent. En traînant la langue, l'aquilon a même sculpté le profil d'un visage. Celui de Gisèle. Gisèle qui vient de s'interrompre et repose, rigide et puante, sur le long clavier sali de sang caillé. Le piano, lui aussi, a vieilli. De longues nervures brunes fendent l'ivoire des touches.

Gisèle, je suis à côté de toi. J'ai attendu que tu termines *Les Barricades mystérieuses*. Petit, j'attendais sous le napperon. Je t'observais entre les trous pour voler la musique. Je pensais que la musique s'appréciait mieux à la dérobée. Tu savais que j'étais là, en forme de chaton lové. Je savais que tu savais que j'étais là, en forme d'hippocampe, de virgule, de croche, sous le napperon que maintenait de ses bottes noires ton cher Léonard dont le visage brillait tellement, sur ce petit portrait, qu'on l'aurait cru ciré. Tu jouais pour moi – moi que tu savais caché là. Mais il y avait la peur, Gisèle. Ta voix était ma peur. Je te croyais un peu sorcière. J'imaginais que tu démasquais mes pensées à l'instant où je les sentais prendre forme, là où s'élancent hors de soi les échelles de l'esprit. Comme j'entends encore tes petits mots me courir après dans le couloir, ramper sous la porte de ma chambre, et me vomir leur fiel dans les yeux ! Tu l'appelais l'Assassine. Et j'imaginais – à la façon haineuse que tu avais de prononcer les « S » en pressant ta langue sifflante derrière les dents – que maman égorgeait des enfants avec son petit couteau dans la rue en contrebas, l'allée des Âmes-Joyeuses. Mais écoute-moi maintenant. Je dois te parler, Gisèle. J'ai reçu une lettre et un paquet des Fanettes ce matin. Je pose le paquet près de Léonard. Tu t'en occuperas quand tu auras le temps. Quand tu seras trop morte pour *Les Ombres errantes.* Pourquoi m'as-tu reproché les aiguilles, les points de croix et les ourlets ? Ta vie, je n'y peux rien. Je vais te lire la lettre. Tends l'oreille, tu es peut-être loin et tu dois mal entendre.

Mon chéri,

Maman va bien. Où est l'argent que je t'est demandé ? Tu crois peut-être que j'en est pas besoin ? Tu es vraiment un enfant gaté. J'ai fais une éccografie et le médecin m'a félicité. Quel connard. Gabrielle (c'est la fille a qui j'ai tailler la tête au cutter) a déchiré mon pull bleu (celui avec les petits boutons et les poches devant avec écris « les hypermarchés corsaires ») Elle a fait ça juste pour me faire chier. Je me mettait du verni a ongles et j'emmerdais personne. Elle a dit « Je met ton pull Rosalie ». J'ai dit : « Je crois pas. » Elle a enfilé mon pull cette conne. Je lui est dit : « Enlève le pull Loulou. » Loulou, c'est pas son nom, c'était le nom de son petit bébé qu'elle a étoufé entre ses cuisses. Ça la met dans une rage noire quand je l'appelle Loulou. Elle retire le pull et elle se met à le déchiré dans tous les sens. J'ai essayé de le recoudre, mais ça file de partout. Je te l'envois dans un paquet. Demande a Gisèle de s'en occuper et dis-lui de m'envoyer de l'argent. Tout ce que je veus, c'est de l'argent. Gabrielle est allée se plaindre a la surveillante chef. Elle a dit que je la ârcelais en lui rappelant tout le temps son « infantisside » (parce qu'ici, c'est comme ça qu'on fait pour dire qu'elle a étoufé son bébé entre les cuisses). Ils l'ont changé de cellule. Elle m'a dit en partant qu'elle allait se suicidé et que j'aurai sa mort sur la conscience. J'ai répondu que ça suffit pas de tuer quelqu'un pour avoir sa mort sur la conscience. Je sais de quoi je parle.

Je te fais mille baiser.

Maman

Tu vois Gisèle, il ne suffit pas de tuer quelqu'un pour avoir sa mort sur la conscience. Tu es là, tu es morte, je suis debout, je te parle, et ça ne me fait rien. Cette lettre, c'est celle que je reçois depuis onze ans. Mais je ne vais pas découper les mots qui me font croire à l'amour. Je ne collerai pas dans mon précieux cahier « Mon chéri », « Maman va bien » et « Je te fais mille baiser ». Je sais que je ne suis pas chéri, je sais que maman va mal et qu'elle ne me fait pas mille baisers. Elle attend simplement de l'argent. Tout seul, j'arrivais à imaginer qu'elle m'aimait, malgré les lettres. Mais tu disais : « Elle te hait ! Tu es sa pompe à fric ! » Le résultat de ton venin, c'est que je l'adorais. Je n'étais pas blessé par tes mots, j'étais grandi par mon courage amoureux. Je te punissais avec mon silence. Tu as craché pour rien : je suis obligé de l'aimer. C'est une très douce obligation. Je m'en vais, Gisèle. Je suis si triste de te quitter. J'ai pris sous ma peau tes cris, tes croches, ton chignon à poussière et ta façon froide de répéter chaque soir : « Le dîner, c'était à l'heure du dîner. » Je rentrais tard exprès. Pour te faire de la peine. Pour que tu me fasses de la peine en retour. C'est triste de partir. Qui s'occupera de toi ? Et moi ? Quelle musique ? Si je n'entends plus ton piano, je vais rétrécir, me froisser, brunir, tomber de l'arbre. On me piétinera. Je vais vivre dans un souterrain qu'on appelle les Plantes. Si tu voyais cet endroit, tu mourrais une seconde fois.

Mais moi, c'est étrange, toute cette misère me rend moins misérable. J'emporte les livres de Monsieur Barde-Dranqueuleux. *L'Encyclopédie du Moyen-Âge*, *Louis Ier le Débonnaire*, *l'Album illustré des Rois de France*, *La Fortification au XIIIe siècle*, *Voleurs de grands chemins*, *Philippe de Crèvecœur*. On a célébré un grand mariage aux Plantes, aujourd'hui. Tulipe a épousé Tournesol et Nora-le-Cerne a lu dans la Bible un passage du Lévitique. Écoute bien.

Tu ne coucheras point avec un homme comme on couche avec une femme. C'est une abomination.

Tu ne coucheras point avec une bête, pour te souiller avec elle. La femme ne s'approchera point d'une bête pour se prostituer avec elle. C'est une confusion.

Ne vous souillez par aucune de ces choses, car c'est par toutes ces choses que se sont souillées les nations que je vais chasser devant vous. Le pays en a été souillé ; je punirai son iniquité, et le pays vomira ses habitants. Vous observerez donc mes lois et mes ordonnances, et vous ne commettrez aucune de ces abominations, ni l'indigène, ni l'étranger qui séjourne au milieu de vous. Car ce sont là toutes les abominations qu'ont commises les hommes du pays, qui y ont été avant vous ; et le pays en a été souillé. Prenez garde que le pays ne vous vomisse, si vous le souillez, comme il aura vomi les nations qui y ont été avant vous. Car tous ceux qui commettront quelqu'une de ces abominations seront retranchés du milieu de leur peuple. Vous observerez mes commandements, et vous ne pratiquerez aucun des usages abominables qui se pratiquaient avant vous, vous ne vous en souillerez pas. Je suis l'Éternel, votre Dieu.

XXIII

Mariette! Tu les aurais mirés, les deux fleuris! Tournesol LSD qu'avait collé un grand chapeau sur son crâne d'amanite phalloïde… un papillon noué autour d'la glotte… une veste rouge toute carrée! Un cardinal haltérophile! Et Tulipe qui tenait en laisse son chat empaillé à roulettes! Y s'était ensablé d'une robe comme un râpe-gruyère avec des p'tits trous! Et puis la traîne! Elle faisait dans les soixante semelles! Y s'y sont mis à six pour la tenir! T'avais Momo l'Ergot, Suzie-la-Poissonnière, Tête-de-Filtre, Jacquot, Marie Pioche-de-Plomb et Alphonse Grelot! Trois d'chaque côté! Y s'étaient tous barbouillés des habits du mardi! Six complets pure pelure qu'leur avait arrangés Tulipe! Et tous les six avec une bougie luminifère dans la pince! Enchanteresse, la procession! Un silence, Mariette! On aurait entendu les aiguilles crever les veines! Les autres langoureux d'la seringue étaient tous assis bien sages sur leur sacs de dormage… T'en n'as pas un qu'a vomi ou chialé pour ruiner la cérémonie! Face à nous, y'avait Nora-le-Cerne qu'y s'était empasteurisée pour l'occasion… Boulier à croix autour du cou et chasuble blanche à vous éblouir les arcades sourcilleuses! Tulipe lui avait même collé du maquillage pour lui donner des allures de prêtresse qui s'enrhume pas les capillaires à l'héroïne… Canonisée la Nora ! Sainte Nora ! Elle a lu une fameuse histoire de la Bible sur un pays qui vomit ses habitants… C'était comme aux Plantes ! Ça nous a pas dépaysés ! On était tous pliés sur les genoux ! Les mains engluées paume sur paume dans la prière ! Alphonse Grelot s'est dressé d'un coup ! Y s'est mis à murmurer des poésies glaçantes sur les brebis camées qui seraient accueillies dans les champs du paradis ! Y lançait ses bras tendus en l'air ! « Les brebis meurent ici ! Elles tètent la merde sur les mamelles de la fortune ! Leurs pattes foulent la fiente des Ventres-Pleins ! Elles couchent sous leurs villes ! Elles parlent sous leurs mots ! Elles s'inoculent du répit dans leurs caves ! Elles seront accueillies aux champs du Paradis ! Gloire à Dieu au plus haut des cieux ! » Et tous les lureaux ont répété comme des boulons : « Gloire à Dieu au plus haut des cieux ! » Tête-de-Filtre et Marie Pioche-de-Plomb ont renchéri : « Et paix sur la Terre aux hommes qu'il aime ! » Et tous les lureaux ont dit : « Et paix sur la Terre aux hommes qu'il aime ! » Mariette ! Si tu pouvais t'figurer… toi qu'as pas les sons… comme les mots peuvent te suspendre le cœur et te tirer en arrière la mémoire… t'étendre la bobinette de la vie… te balancer dans une p'tite église de décembre 1956… au troisième rang… en équilibre sur la rampe à prière qui court le long des dalles… mal chauffé dans tes culottes marron et tes longues chaussettes au-dessus des rotules… serré contre la jupe de Gisèle qui porte des mitaines en dentelle noire depuis la mort d'Édouard… un chapeau à voilette fixé au chignon par la grande épingle… celle que j'aimais bien, en forme de pinceau… Gisèle qui tient son missel ouvert dans la main gauche… qui lèche son pouce pour m'aplatir la frange… me discipliner la mèche blonde… qui chuchote avec de gros yeux: « Descends immédiatement du prie-Dieu, petit sauvage! » à l'instant où tout le monde lance vers moi, comme une promesse, un chant de forçats: « Et paix sur la Terre aux hommes qu'il aime! » Après tu vois, Mariette, j'ai miré Tournesol… j'étais tout envertigé d'indulgence… j'lui trouvais plus sa tête de champignon… j'avais la truffe fixée sur sa main enfouie dans la main d'Tulipe… C'est rien que deux p'tites brebis camées! C'est vrai ça, Mariette… On vit comme on peut dans les sous-sols des Ventres-Pleins… On n'attend pas les champs du Paradis… On gigote à l'envers… On s'occupe l'ennui… Gloire à Dieu, c'est pas vrai Mariette! Dylan, il était là, d'ailleurs! Tout maigrifère dans sa chemise de Lurette! Y m'a pas prêté une seule pupille! Gloire à Dieu, j't'en foutrais des arnaques de l'âme! J'suis venu tout près… j'ai fait « Dylan ? Dylan ? » Il a pas bougé d'une chicrure de cannelle! J'lui dis: « Dylan ? C'est pas prêteur, ton silence! » Pas d'une rade de souffle qu'elles ont vrillé ses dentelles! Alors j'lui dis: « Cow-boy ? » Rien! Alors j'fais: « Julien! » Y tourne les gigots et y'm trille: « Quoi ? Quoi ? » C'était des p'tits *quoi* tout secs qui m'ont fait des trous d'morsure! J'lui dis: « Comment ça, *quoi*? T'es encore enrogné? C'est ça ? » Y détourne les rotules… j'l'lui voyais plus qu'ses fils-de-crâne… Y soufflotte: « Chut! » en pointant les phalanges sur Nora-le-Cerne qui nous critounait avec les bonheurs de l'hyménée… J'lui dis: « Dylan! Où t'as puisé ton mépris ? » Et Gloire à Dieu au plus haut des cieux, y s'retourne et y m'dit: « Tais-toi! Tu pues l'alcool, c'est dégueulasse!» Pas eu besoin de me le retapisser deux fois. J'ai quitté les Plantes sans embrasser la mariée. Je t'engraille avec mes histoires, Mariette?

Mariette Lancelot... quel drôle de titre... Gustave Picq, ça au moins, c'est un vrai nom... C'est quoi ton vrai nom, Mariette? C'est Jeanne Duval? Ça t'irait bien Jeanne Duval! Tu veux bien que je t'appelle Jeanne Duval? C'est pas comme Mariette Lancelot! Rien à mirer! Ce qui m'plaît avec Jeanne Duval, c'est quand j'me figure les lureaux qui nous croisent: «Ah, tiens! C'est Gustave Picq et Jeanne Duval qui vont au château du Sacré-Cœur!» Quoi? T'es fatiguée? Déjà? Mais y reste encore deux cents marches! Faudrait songer à moins manger! T'as vu ton ventre comme il est gras! Tu veux déjà te reposer? Alors ça fait pas une pliure: Jeanne Duval, c'est beaucoup mieux. Tu comprends, Mariette Lancelot on l'imagine à cheval... toute en armure... jamais fatiguée... C'est pas trois p'tits pas jusqu'au Sacré-Foie qui lui crèveraient l'allure! Faut que j'te prévienne les émotions... Là-haut, Mariette-Jeannette, j'vais t'embrasser. Au pire moment. C'est désastreux les lureaux qui s'embrassent appuyés aux balustrades après avoir miré à quatre paupières le paysage! Mais on va faire pareil. T'as remarqué que dès qu'y sont en altitude, les lureaux énumèrent le paysage? Je f'rai comme eux. J'te dirai: «Là on voit la Sainte Chapelle où saint Louis priait... Là on voit la piscine Molitor où saint Louis se baignait après la prière... Là on voit l'Estaminet où Gaston empoétisait les lureaux...» Et je t'embrasserai.

XXIV

Je frappe à la porte de Djamila. Liquéfaction. Les mots débordent de sa bouche, tout un flot irritant qui me donne la nausée. Ça parle d'Idir. Ça gémit sur le suicide. Ça feule. Ça coule. C'est visqueux. Ça me tire les jambes dans la poix sentimentale. Je n'ai pas envie d'intimité. Pas de secrets. Ça essaie de m'entraîner. Ça me palpe le visage pour m'amollir, ça me fout des larmes dans le cou, comme de la bave, ça m'imbibe, ça m'écœure. Qu'est-ce que je suis venu faire ici ? Dire au revoir ? C'est l'excuse. Je suis venu pour aller au fond de sa bouche, boire la salive. Elle dit qu'elle souffre. Elle le crie. Elle se met dans mes yeux. Elle y fait son nid. Elle pond ses œufs. Comme les araignées qui s'infiltrent sous la peau pendant le sommeil pour engendrer des légions de petites araignées. Ça ne fait pas mal. L'idée est répugnante. Elle dit : « Tu imagines ? » Elle mime la pendaison, avec les mains autour du cou. Je n'en peux plus. Je suis le sucre qu'elle a jeté dans l'eau chaude. Déliquescent. Une espèce de remords me soulève le bras. Et je vois ma main, lâche, essuyer les larmes de Djamila. Elle dit : « Tu es adorable, Julien. Je t'aime comme mon fils. » Mes oreilles ont mal au cœur.

« Je vais me reposer dans la chambre, Djamila. »

Elle me suit, elle me colle, ça n'est pas sexuel, c'est affectueux, c'est pénible. Je bande ostensiblement. Je bande comme le nez au milieu de la figure. Djamila me serre dans ses bras. « Déshabille-toi, Djamila. » Elle soupire. « Pas maintenant, Julien. » Je me lève pour m'en aller. Elle me retient par la main, se déshabille, attend à quatre pattes sur le lit. Je n'ai envie de rien. Je fixe les veines boursouflées du papier peint. Djamila a le ventre qui pend. Il ne pend pas comme pendrait du linge, dense et droit, sur un fil tendu. Il flageole autour de sa chute. Il écrabouille l'air de ses flasques grumeaux. Les fesses sont grosses et plates à la fois. Il en manque un morceau. Il manque la rondeur, la couleur rose. C'est là que je vais en bandant. Le dégoût exactement. Un long filet transparent goutte à travers son sexe épilé. Elle dit : « Tu vois, tu m'excites. » Non, je ne vois rien. Je suis en colère. J'ai envie de me débarrasser. D'extraire. De réduire. De finir. Je me recroqueville sur le lit. Énervement extrême. Les mâchoires rigides. Je sens un sanglot, comme une bulle d'air, me remonter le ventre. Djamila se retourne. Comment pourrais-je la tuer ? Au cinéma, on étouffe les gens sous les oreillers. Elle ouvre grand la bouche – je vois ses dents joliment alignées, faïence, petites fèves de galettes des rois plantées au bord du palais – et y loge en entier mon sexe évanoui. La langue sur le gland, sur le bout, le sommet du silence, fait des dessins à l'huile coulante, creuse des sillons de salive, petite queue de sole meunière frétillante et poisseuse, me gonfle un désir, une joie de sucette, me sculpte et me matraque, chairs siamoises. J'éjacule loin dans la cave des mots et la grotte lippue se referme sur ma morte colère.

XXV

« Qu'est-ce que ça bourgeonne, Jeannette ! Ça troupotte ! Ça s'insectifie ! C'est pas gracieux tous ces lureaux ! C'est l'heure de pointe au Sacré-Rein… T'es chanceuse, t'économises le bruitage avec ta sourderie… Mais c'est infect c'que ça jacasse ! Mire la balustrade ! Quel estropillage ! Ça m'embue la vision… Les lureaux, ça gâche les meilleurs moments… Ma mère Gisèle, quand elle faisait l'actrice, c'était tout un bonheur de la mirer sur les planches à spectacle ! Mais y'avait toujours un ou deux lureaux crouffards pour bruiter autour de ses robes miridieuses ! Ça m'enrognait l'émerveille ! Y lui tournicotaient autour pour lui poser des questions en alexandrins, les parasiteux ! Faudrait jamais loger plus qu'un comédien sur les planches à tragédie… Sinon, y s'mettent à causer entre eux… Le monologue, c'est réverbérant ! À l'Estaminet j'étais toute une légion, Marinette ! J'étais pas seul sous prétexte que j'étais pas deux ! J'suis sec, Jeannette… J'ai étourdi ma salive dans l'ascension… Parle-moi un peu. »

Est-ce qu'elle sent le silence ? Elle attend que ça reprenne. Ça reprendra pas. J'ai la salive à plat. Je l'imagine toute nue, là, comme une pomme pelée, assise sur les marches du Sacré-Pancréas. Qu'elle est jolie ! Ça fend l'esprit. Et moi ? J'dois pas reluire vu du dehors. Il a bien dit *saleté*, Dylan. Mais Mariette a pas l'air dérangé… Avec tout ce qu'elle collectionne comme soûlards… faudrait pas pousser ! Et puis y fait nuit. On est beaucoup moins sale la nuit. C'est relatif, la saleté. Le jour, les lureaux regardent. Faut voir comment y regardent ! Ça rend sale, leurs prunailles dégoûtées ! C'est d'la saleté par procuration. La nuit, personne m'épie la crasse… Ça repose… Allez Gustave, faut s'embrasser.

« Mon diable, Jeannette ! Y'a un lureau qui vient d'jeter un plein sandwich de victuailles mirifiques dans la poubelle ! Il est qu'à moitié croqué ! J'vois qu'pour certains, c'est pas la disette ! J'vais sauveter l'engin… Il est où ? Ah ! Il est là ! Quelle allure avec ses feuilles de salade à frisettes ! C'est une boîte à trésors, cette poubelle… Un livre ! Voilà qu'les lureaux s'mettent à jeter des pagineux ! Mademoiselle ! Un instant d'vôtre précieux temps ! Pourriez-vous m'lire le titre de ce roman ?

– C'est pas un roman, c'est un *Pariscope*, monsieur. C'est pour avoir les horaires du cinéma. Mais c'est celui de la semaine dernière…

– Ah, bon ? La semaine dernière… Je serais bien allé grignoter une toile ce soir… mais si c'est celui d'la semaine dernière… C'est combien le cinéma, par les jours qui courent ?

– Combien ça coûte, vous voulez dire ?

– Oui, c'est ça, combien ça coûte ?

– Je sais pas… On m'attend, je dois partir.

– C'est bien, ça, d'être attendu… Mais dites-moi… Ça vous dérange de parler d'argent avec moi ?

– Non, pourquoi ça me dérangerait ?

– Pourquoi ça vous dérangerait ? Elle est hilareuse, la lurette ! Parce que tu dois bien voir à mon costume trois-pièces et à ma vieille gueule alcoolisée que j'ai autre chose à foutre qu'aller claquer des deniers au lance-couleurs ! Voilà pourquoi !

– J'y peux rien, moi ! C'est pas la peine de m'engueuler ! Faut se calmer !

– Je t'engueule pas du tout… T'enrogne pas… Qu'est-ce que tu fais pour t'occuper les heures quand t'es pas au cinéma avec ton copain *Pariscoupe* ?

– Je suis étudiante en lettres.

– Ah, c'est bien, ça ! En lettres ? C'est bien, l'alphabet… T'en es à quelle lettre ? Ah… Toi aussi j'te fais rire ? C'est gentil… J'peux te poser une question toute droite et sans zigzag ? Tu m'trouves sale ? Tu rigoles encore ? Mais c'est féerique ! Et pourquoi tu m'trouves sale ?

– J'ai pas dit que j'vous trouvais sale ! Qu'est-ce que vous faites dans la vie ?

– Moi ? C'est gracieux de t'en soucier la curiosité… Avant j'étais poète à l'Estaminet, un fameux bar de poétisés. Maintenant, j'collectionne les cheveux. Mais j'ai négocié bec et griffe un aménagement d'mon temps d'travail… J'fais pas ça toute la journée… parce que j'ai aussi un fils qui me donne tous les tracas de la lune ! Tiens, d'ailleurs, donne-moi un cheveu pour ma collection, tu seras gentille. Et réponds-moi, Lurette… pourquoi tu m'trouves sale ?

– Celui-là, ça va ?

– Il est tout p'tit ton cheveu ! Déracine-m'en un mieux nourri !

– J'ai les cheveux courts. Ils sont tous de la même taille ! J'dois vous laisser.

– Moi aussi, j'dois te laisser. J'vais embrasser la lurette muette que tu vois là-bas… assise sur les marches… C'est la première fois que j'l'embrasse. Tu t'souviens, toi, comment on s'met à embrasser les gens ?

– Non. J'ai jamais embrassé personne.

– Ah oui ? Ça existe encore une lurette inembrassée ? Mais mets-toi à la place de la lurette de l'escalier… Tu me trouverais embrassable ?

– Non, pas du tout.

– Quoi ! Tu me trouves inembrassable ?

– Ça dépend…

– Ça dépend de quoi ?

– Disons que vous avez une beauté spéciale.

– J'ai une beauté, moi ?

– Oui. Mais spéciale.

– Tu sais, lurette… c'est quoi ton nom ?

– Touma.

– Tu sais, Touma, t'es l'humaine qui m'a parlé le plus gentiment depuis trois ans.

– C'était qui y'a trois ans ?

– Je sais plus, Touma. Pourquoi t'es noire, dis ?

– J'suis sénégalaise.

– T'as dû beaucoup marcher pour arriver au Sacré-Cœur.

– Pas tellement, j'habite juste en bas.

– En bas des marches ! Quelle chance tu as…

– J'suis en retard… Au revoir, Marcel.

– Je m'appelle pas Marcel, j'm'appelle Gaston.

– Au revoir, Gaston. »

XXVI

« Tu dois cacher ton argent, Julien.

– Pourquoi ?

– Parce qu'on te le volera.

– Qui me le volera ?

– Tout le monde… Aux Plantes, l'argent se vole et se dépense aussitôt. On te volera tous.

– Toi aussi ?

– Bien sûr, Julien.

– Mais, Tulipe, tu es mon amie ! Tu m'aideras à le cacher ?

– Je me réveillerai la nuit et je chercherai partout… entre les briques des murs… sous les cartons… je chercherai ton argent. J'en ai besoin autant que toi.

– Mais c'est mon argent, Tulipe !

– Il vient bien de quelque part.

– Je l'ai pris chez Gisèle.

– Voilà ! C'est de l'argent volé.

– J'ai rien volé ! Elle n'en a plus besoin… J'allais pas le jeter.

– Gisèle n'a plus besoin d'argent ?

– Non.

– C'est terrible, mon ange !

– Ne dis pas ça.
– Elle était malade ?
– Non.
– Qui va s'occuper de toi ?
– Moi. Je m'occuperai de moi.
– C'était un accident ?
– Oui. Tais-toi, Tulipe.
– Quel genre d'accident ?
– Je l'ai assommée avec le pied en fonte de la cage aux oiseaux.
– Julien… mon petit Julien… c'est comme un rêve, la vie… Tu m'aides à retirer ma robe ? Doucement… c'est fragile la dentelle…
– Oui, c'est très fragile.
– Ne pleure pas, mon ange.
– C'est très fragile, Tulipe.
– Ça ne tient qu'à un fil. Et le fil doit se rompre d'une manière ou d'une autre.
– Arrête !
– Il ne faut pas s'imaginer qu'on est coupable. Tous les fils finissent par se…
– Je ne suis pas coupable !
– C'est ce que je dis, Julien. Ça ne tient qu'à un fil, la dentelle.
– Je ne veux pas que tu saches, Tulipe. Dis-moi que tu ne sais pas.
– Je ne sais pas. Je ne sais rien, ma libellule.
– Dis autre chose encore.
– Je ne sais pas que tu as tué Gisèle.
– Ne dis pas ça, Tulipe ! Dis autre chose !
– Je ne sais pas Julien…

– Dis autre chose.

– Comment va Gisèle ? Elle joue encore du piano ?

– Merci, Tulipe. Tu es si gentille. Gisèle ne quitte plus son piano. Elle joue nuit et jour. »

XXVII

« Tiens ! Mirez-moi le simili-autiste fagoté en mouchoir de vieille lurette ! C'est Tulipe qui t'a tricoté ce vilain jupon ? La magie, Dylan, c'est que maintenant j'connais tes merdeuses pensées… J'te suspends les tripes ! Tu rêverais d'vomir ! L'odeur du vin te ligote le museau ? J'm'en suis plâtré tout l'intérieur ! Deux litres en carton !… T'as honte de mes griffes crasseuses ? Et mon vieux blouson cicatrisé qui pue la morve et l'hiver ? J'suis bien pourri comme vivant !

– Tu as bu ?

– Puisque j'te dis qu'j'ai bu !

– J'ai quelque chose à te dire.

– Moi, j'ai rien à entendre.

– C'est au sujet de Gisèle.

– Connais pas.

– Écoute-moi.

– À qui tu parles, p'tit lureau maigrifère ? À ton père ? Ou au rogaton d'peau moisie soudé au grillage comme un sens interdit ? Tu sais, le gros rond rouge avec une barre blanche ! Celui qui braille : Circulez ! Y'a rien au bout du chemin ! Y'a rien à voir ! J'ai rien à voir, Dylan ! Rien à voir ni avec toi, ni avec Gisèle, ni avec ta taularde de mère, ni avec Mariette Lance-Pierre qui s'escamote la carcasse ! Partie ! Décollée ! Plus d'huître chavireuse sur l'escalier du Sacré-Boyau ! Partout j'lui cherche sa margoulette en forme de poire ! Rien ! J'ai gagné un sandwich de poubelle et Lurette-Jeanette, j'l'ai perdue dans la nuit !

– C'est la fille qui t'a donné les clefs ?

– Voilà ! Elle est donneuse ! Mais une drôle de donneuse… Une économe ! Elle donne un p'tit peu à tout le monde et beaucoup à personne !

– Tu voulais sortir avec elle ?

– Sortir ? T'en as des expressions nigaudes ! Sortir quoi ? Une bague en polystyrène de ma poche ? Qu'est-ce que t'articules comme bêtasseries depuis qu'tu parles, Dylan ! J'voulais rien sortir ! J'voulais aller au bord du ruisseau avec Mariette, sur un pont, ou sur un âne, sur une table de nuit, dans une impasse, dans une boulangerie, sur un passage clouté, dans un bus, sous un arbre… Tu comprends, Cow-boy ?

– C'est quoi un passage clouté ?

– C'est un passage qui tient pas bien… qui menace de quitter la ville… alors on lui cloue le goudron à la chaussée.

– Tu m'en veux ?

– Je peux pas t'en vouloir de penser que j'pue l'raisin et que j'suis pas ton père ! Y'a du vrai.

– C'est pas facile de parler avec toi.

– J'force personne.

– J'ai l'impression que Gisèle a eu un accident.

– Elle a glissé sur sa méchanceté et elle a fait une bosse à sa langue de vipère ?

– Non, elle est morte écrasée.

– Par une voiture ?

– Par le pied en fonte de la cage aux oiseaux.

– Ça alors ! T'y es pas allé avec le dos d'la fourchette !

– J'ai rien fait !

– Moi non plus, Cow-boy. C'est arrivé quand ?

– Il y a deux semaines.

– Et ça fait deux semaines que la vieille mygale pourrit avec son chat momifié !

– Non, elle fait du piano.

– Dylan ! Joue pas au démantibulé du cerveau avec moi ! Tes guirlandes de rêveries ça m'enrogne la patience ! J'te reproche pas d'avoir écrabouillé la vieille blatte ! T'aurais même pu la pendre à ses cordes de piano y'a quatre hivers ! Mais réponds-moi, chardon ! T'as fait quoi d'la carlingue ?

– Rien.

– Tu pionces avec le cadavre à côté ?

– Je vis aux Plantes maintenant.

– Oh ! non, Dylan ! Dylan… Julien, écoute-moi. Personne ne vit aux Plantes. On y crève. On y crève juste. Arrache tes racines de cette plate-bande de pavots ! Tu vas te corner la santé, tu vas te griffer la gaieté, tu vas te trouer les veinules… Et t'approche pas du grand fongique ! Tournesol LSD ! C'est un charognard qui tournicote autour des opiacés ! Y pue la mort. Il t'attend. Qui s'y frotte s'y pique les veines…

– Tulipe s'occupe de moi.

– Tulipe s'occupe de rien du tout ! Tulipe s'occupe de sa bouture de seins et de son LSD ! Tulipe s'occupe de sa gueule empétalée et c'est tout ! Qu'est-ce t'as foutu du corps de ma mère !

– Ne crie pas !

– *Ne crie pas*! Il est esclaffant, celui-là! Faut quand même du plomb dans la boîte crâneuse pour aplatir une cervelle sous un pied en fonte! Faut du cran! Faut de l'encoche! Faut de l'entaille dans l'estomac!

– J'ai fait sans réfléchir.

– Où est le corps?

– Quel corps?

– Julien, s'il te plaît.

– Sur le tabouret du piano et sur le clavier. Et l'odeur partout. »

XXVIII

Ça aurait dû m'coller le puceron à l'oreille… Le parapluie dégoulinant, la sacoche en cuir de rat, l'imperméable beige croque-mort pendu à la poignée… toute une panoplie de trahison dans l'entrée… Plutôt crever la tête trouée par une broche de cochon rôti que de mirer c'que j'ai miré sur le canapé ! Un vieux lureau à tête de rascasse qui tenait ma perle chavireuse dans ses écrous ! Y répétait avec une voix ridée de gâteau sec : « C'est mieux comme ça, ma petite Mariette… C'est mieux comme ça… » Jeannette-Lurette a sursauté quand elle m'a reconnu. Elle avait les prunailles tout enlarmées.

« Bonjour, monsieur, je ne vous avais pas entendu entrer. Je suis Isidore Adrède. Et vous devez être… »

Quelle autruche, ce gigot ! Je dois être personne, trouffiot ! J'ai pas de devoir d'existence ! Et comme je répondais pas…

« …un des SDF que le bon cœur de Mariette a conduit jusqu'ici ? »

J'aurais trouvé ça bien joli que le parapluie de l'entrée lui transperce le museau. Ça me secouait l'estomac, ses longues pattes emberlificotées autour de Jeannette… Un *SDF* ? C'est quoi ce truc ? Un Svelte

Danseur Finlandais ? Une Saucisse Décongelée au Four ? J'vous jure…

« Je suis le tuteur de Mariette. »

Comme si Jeannette Lancelot en cotte de mailles avait besoin d'un tuteur pour pousser !

« Je dois vendre l'appartement… Des soucis financiers… J'ai peur d'avoir une mauvaise nouvelle à vous annoncer. Vous devez quitter les lieux au plus vite. Les trois autres messieurs qui dorment à côté aussi. Elle a grand cœur, Mariette, mais elle est sans défense. Je dois avant tout l'éloigner de M. Pignard. »

Encore un lureau tombé d'un lustre… C'est qui ce nouveau crouffignaud ?

« Pignard ?

– Oui… Un malhonnête personnage ! Le vieux monsieur dont Mariette s'occupait tous les jours. Elle lui était totalement dévouée, elle rangeait son courrier, préparait ses repas, repassait ses chemises… Il en a profité ! Pauvre petite… »

– Il a profité de quoi ?

– Vous voyez bien…

– Non. Je vois rien. Profité de quoi ?

– Enfin, vous n'êtes pas aveugle ! Elle est enceinte ! »

C'est pas commun c'que j'ai ressenti à la gorge et au ventre quand j'ai entendu ça. Je sais pas ce que Jeannette m'a balancé comme paire de prunailles à la trogne, mais j'ai compris quelque chose. J'ai compris que M. Pignard y était pas pour grand-chose dans cette encloquerie. « Monsieur le tuteur, j'vais ramasser mes affaires, j'veux pas vous déranger plus longtemps. J'espère que tout ira bien pour Mademoiselle votre pupille. Permettez-moi d'la remercier avant de m'en aller. » Pendant que j'compressais Mariette entre les manches de mon blouson, elle a enfoui une poignée de p'tits papiers dans ma poche. Y'en avait encore dix ou vingt éparpillés sur le plancher et l'canapé. C'était leur façon muette de communiquer. Elle écrivait sur le revers des tickets d'caisse et y répondait sur des bouts d'mouchoir en papier. J'ai pas osé serrer la main du tuteur rutilant de propreté. D'ailleurs, y m'a pas proposé. J'ai couru aux Plantes. J'avais une rage toute dure dans la carlingue. Marie Pioche-de-Plomb était allongée sur une couverture et elle donnait des coups de bassin dans tous les sens avec les poings emmêlés à la tignasse. Elle bavait un liquide jaunâtre entre les canines. La sueur avait séché sur son front. Ça lui faisait une frange en fils de sel et des traînées de cristaux blancs sous les prunailles. J'lui dis : « Marie-Pelle-de-Fer, tu respires la santé ! Tu fais plaisir à voir ! T'as pas croisé Tulipe ? » Elle a pointé l'atelier avec l'os qui se faisait passer pour son bras. En poussant la porte de l'atelier, j'étais plus à ça près et ça m'a pas décollé les rétines de mirer Dylan en jupe plissée, appuyé sur la machine à coudre, la main posée sur la perruque de Tulipe qui lui grignotait la vipère. J'ai dit : « Les amoureux ! J'ai d'la littérature urgente à soumettre à votre érudition bourgeoise… » J'ai aligné les quinze papiers côte à côte pendant qu'y se rhabillaient. Tulipe a lu dans le désordre la brochette de petits mots en recoiffant la frange que Dylan lui avait dépeignée. On a rangé d'un côté ceux de Mariette…

Je m'enfuirai dès que tu auras le dos tourné.

Et les hommes que j'héberge ? Je ne vais pas les mettre à la porte !

Alors j'irai à la police.

Tu ne toucheras pas mon enfant. J'avorterai.

Tu appelles ça de l'affection ? Tu me dégoûtes.

Et de l'autre côté, ceux du tuteur, avec son écriture d'huissier, si petite, fourbe et menteuse…

Tu es ingrate ! Je t'ai élevée comme ma fille ! Je t'ai donné toute mon affection !

On partira demain matin.

Avorter ? Enceinte de sept mois ! Tu n'as aucun sens des réalités, ma pauvre Mariette !

Et qu'est-ce que tu diras aux policiers ? Tu leur expliqueras sur des petits papiers ! Ils te riront au nez !

J'ai appelé M. Pignard pour lui dire que tu quittais son service.

Tu es tombée enceinte parce que tu es une fille légère. Tu es vicieuse et je ne suis pas en bois.

Y m'est monté une colère en forme de couteau ! « Cow-boy ! Toi qui plantes des pieds en fonte dans les têtes d'araignées, tu m'aiderais pas à éventrer le tuteur-satyre ? » On a imaginé un plan diablifère. Tête-de-Filtre et Dylan en assassins, Suzie-la-Poissonnière en avorteuse, Tulipe en éclaireur et Momo l'Ergot en capuchon… Ça veut rien dire mais comme il a menacé de tout balancer aux uniformés si on lui trouvait pas un rôle dans la tuerie, j'lui ai dit qu'y nous fallait un capuchon… que dans tous les bons meurtres y'avait un capuchon sans qui rien n'était possible. Je croyais pas si bien dire. Non, ça, je croyais pas si bien dire. Moi qui suis pas d'un naturel criminel, j'suis resté aux Plantes pour m'occuper de Marie Pioche-de-Plomb qui roulait des pelles aux spectres dans la pièce d'à côté.

XXIX

Nous marchons vers le meurtre. Loin devant, Tulipe mène le cortège, chevilles nues. Ses talons-aiguilles font un bruit de machine à coudre sur le trottoir. Nous ne parlons pas. Nous ralentissons. Mes jambes chancellent dans une gelée invisible. Nous nous arrêtons pour attendre. J'entends une rasade de salive se frayer un chemin dans ma gorge. Tulipe lève le bras. C'est le signal. Tête-de-Filtre tire la cagoule de sa poche. Suzie me serre la main. « Allez, Julien, courage ! » avec ses lèvres rouges. Elle restera là, en attendant Mariette. On me tend une cagoule. Un grand trou triste pour la bouche et deux trous de mites pour les yeux. Tête-de-Filtre retire ses chaussures. Je regarde sa nuque et le col de son blouson. Je sens une douce mollesse m'envahir le corps. Je n'ai plus froid. Un taxi passe en trombe. Grondement gras et poilu de basson. J'ondule de plaisir. Tête-de-Filtre me tord le pied. « Enlève tes pompes, Mou-du-fion ! »

Le sol est sec et glacial. Je remue les orteils. Nous remontons l'avenue pieds-nus. Sur le trottoir d'en face, Momo l'Ergot fume une cigarette, accroupi, le dos plaqué au réverbère. C'est la position habituelle d'un capuchon. C'est Gaston qui l'a dit. Il a un revolver dans son blouson. Aux Plantes, il passe son temps à lui caresser la crosse. Nous croisons Tulipe. Pas un mot échangé. Elle me frôle l'épaule. J'ai envie de m'enfuir avec elle. Son parfum de papier brûlé. Le bond souple de son dos. Je ne me retourne pas. J'entends le petit cliquetis des talons hauts s'éloigner. Je suis immobile, Tête-de-Filtre m'arrache la cagoule des mains et me l'enfonce jusqu'au cou. Les trous ne sont pas en face des yeux. Ou alors j'ai les yeux fermés. Je ne sais pas. Je ne vois rien. Mais je préfère. Mon cœur est lourd dans la poitrine. J'ai peur qu'il se dévisse. Du larsen dans le cerveau. Ça grésille. Je vais m'évanouir. Tête-de-Filtre prend ma mâchoire dans la main, les ongles plongent à l'intérieur des joues et m'écartent les lèvres. Il chuchote si fort qu'il me crache au visage. « Ne fais pas la pétasse, trouillard ! Réveille-toi ! » Il ressemble à Gisèle avec son cri en forme de bâton qui lui dessine une torche de feu dans la gueule. Une pellicule de sueur froide me verdit les paumes de mains. J'ai la nausée. Mes doigts ont la nausée. Je m'attends à les voir vomir.

Tête-de-Filtre est penché sur la poignée, une lampe de poche entre les dents. Il me tend la clef et fouille la serrure avec un coton tige imbibé d'huile. Un par un, il enduit les gonds. C'est un voleur qualifié. Il a du métier. Je lâche doucement la clef. Elle heurte ma hanche et résonne sur le carrelage. Mon cœur enfle et répand son goût de sang derrière la langue. Tête-de-Filtre me regarde. Je vois son œil dilaté, une algue noire, furieuse, les cils en érection. Il ouvre la bouche. Une rangée de demi-dents plombées, plantées obliquement dans la chair rose et grise des gencives. « Mets tes gants ! Mais quel boulet, ce môme ! » L'écume de salive bouillonne au bord de ses lèvres. J'ai oublié mes gants. Ils sont restés aux Plantes. Je les ai posés sur la pile de jupes que Tulipe repassait ce matin en chantant *Le Cadeau des amants sanglants.*

Mon Amour
Prends ma main
C'est délicieux
De découper
À *la pointe*
De l'épée
Le doux contour
De mon poignet
Et de t'offrir
Comme une grappe
Juteuse de vin
Cette petite main
Décapitée

La porte s'ouvre. Je la retiens sans la toucher, avec l'œil, avec un baiser de souffle court, une pensée gorgée de colle. Rien à faire. La porte s'ouvre. Interminable pivot. Les gonds sont silencieux comme le chef d'orchestre qui, à l'aube du son, suspend de sa baguette le cœur battant des instruments. Tête-de-Filtre a disparu. Je regarde mes pieds. Il manque quelque chose. J'ai oublié. J'ai envie de rire. Je tâte mes poches. Vides ! Fou rire. Les minutes passent. Les assassins. Nous plantons des lames. Nous ne plantons pas des choux. Gisèle n'est pas un chou. Je l'ai écrasée et elle m'a écrasé. La mort n'a pas suffi. Elle m'a écrasé de cris et j'ai fendu son crâne. Mais elle est là, dans ma tête, elle bourdonne. Un disque de lumière blanche se pose sur moi. C'est la lampe électrique de Tête-de-Filtre.

« Qu'est-ce tu fous ? Tu te marres ? Va réveiller le vieux ! Tu lui colles la lame sous la gorge et tu lui fais signe de fermer sa gueule... Y doit pas bouger... Et réveille pas la fille ! Tu le conduis dans la cuisine, je sors Mariette dans la rue et je te rejoins pour ligoter le vieux. T'as compris ?

– J'ai oublié le couteau.

– Tu as *quoi* ?

– Le couteau, je l'ai laissé aux Plantes.

– Putain ! J'ai jamais vu un mioche aussi con !

– J'suis désolé...

– Pauvre con.

– J'ai dit que j'étais désolé !

– Quel minable... Et parle moins fort, tu vas réveiller le vieux.

– Me parle pas comme ça, Tête-de-filtre.

– J'te parle comme je veux, connard.

– Excuse-toi ou je crie.

– M'excuser ! Quel con, ce môme ! »

J'ai hurlé. Pas pour réveiller le vieux. Pour réveiller Monsieur Barde-Dranqueuleux. Pour retirer les lames de couteau qui lui criblent la peau. Pour dévisser les barreaux des Fanettes, déraciner les touches du piano de Gisèle. J'ai hurlé pour tous mes silences.

XXX

Mariette-Jeannette, on pensait pas à mal ! Fais pas ta face de mouette pleureuse ! J'aurais pas dû laisser cet essaim de chevilles tordues s'occuper de toi ! C'est pas des lureaux soigneux ! Mais tout est bien qui finit pas si mal, Jeannette ! Le pétard, c'était pas prévu ! J'te le jure sur la tête de mes yeux ! Écoute-moi, Sourdinette... C'était pourtant un plan mirifique ! Tulipe devait passer devant... inspecter le bon sommeil de la chaumière... faire signe à Tête-de-Filtre et à Dylan pour qu'y s'harnachent en cagoules de hulottes et pieds d'velours... Suzie-la-Poissonnière t'attendait au coin du trottoir pour avortonner le moutard indésireux ! Ça devait rouler comme sur des patinettes ! Eh oui, Jeannette ! C'est bien toi qu'avais écrit qu'tu voulais éradiquer le fœtus de ton ballon intestineux ! Tout ça, c'est la faute aux deux brigands ! Au seuil du vieux gosier à trancher, Dylan s'est retrouvé sans couteau ! Maigre, alors ! C'était pas pour le percer vraiment, tu sais, Mariette... C'était pour que le vieux nous laisse commettre le larcin sans s'agiter... fallait pas qu'y vocifère ou qu'y convoque les uniformés... Mais voilà que Tête-de-Filtre s'est mis à réprimander mon cow-boy... Faut dire que Dylan avait pas plus de couteau dans sa poche que de margarine en broche! Tu sais Mariette, le p'tit a entrepris d'époustouflantes métamorphoses depuis quelques lunes... Avant, il était plus muet que le brochet et ça lui a pris comme une averse, toutes ces paroles... Une vraie tempête acide! Il a pas supporté les remarques semonceuses de Tête-de-Filtre et y s'est mis à assourdir la chaumière d'une étourdissante hurlerie! Ça l'a sorti de sa rêverie, le tuteur! Paraît qu'y brandissait une flèche indienne sous la glotte de Dylan et qu'y piaillait comme un cafard: «J'ai appelé la police, bande de truands!» Ça a flatté Tête-de-Filtre de s'entendre étiqueter de truand... lui qu'est juste un miteux dealer de LSD... Mais Mariette! Faut pas abriter des flèches indiennes dans ton logis! C'est d'un danger stupéfiant! Paraît que le tuteur sénile s'est mis à t'étourdir de méchancetés. «Ça t'apprendra à recueillir des clodos chez toi!» qu'il a braillé. «C'est impossible de faire confiance à un pauvre, Mariette! Je te l'ai expliqué cent fois! Il n'y a pas de fumée sans feu! La pauvreté, c'est pas comme la couleur des yeux, ça n'a rien de naturel! Ça se récolte à force de paresse!» Momo l'Ergot qui faisait le capuchon dehors s'est pris d'ennui contre son lampadaire à pisse de chiot... «J'ai rien d'autre à foutre que me peler les os sur le trottoir! J't'en foutrai des capuchons!» Il a balancé son filtre fumant sur le goudron et il a sorti son pétard. Comprends bien, Mariette-Lurette, que c'était son solstice de gloire quand il a débarqué dans votre piteuse assemblée! Il a pointé son dard sur le vieux et l'vieux, trouillant de trouille, il a lâché sa flèche aztèque! Comme Tête-de-Filtre a le sang aussi froid qu'une bassine d'huile bouillante, y s'est enfui tel le premier des timorés ! Heureusement qui restait ce vrai cow-boy de Dylan ! Il a retiré sa cagoule pour te rassurer la frayeur. Mais Mariette ! Y paraît que t'es allée t'enliser dans les bras du vieux et qu'ça a été toute une expédition de lui ligoter les gigots tellement tu t'enroulais sur son fémur ! Qu'est-ce que c'est qu'ces affections doucereuses ? Faudrait se clarifier les sentiments, Lurette ! Les poêlées de haine et d'effusion, ça m'enrogne ! On a pourtant exaucé ta rêverie ! Tu voulais t'escamoter ! Mais si tu veux te crucifier sur les canines du loup, tu peux retourner dans ta chaumière te faire asticoter les mamelles par Isidore l'Incestueux… Plus tard y pourra jouer au grand-papa satyre avec le crapaud qu'y t'a greffé à l'utérus ! À propos de crapaud, paraît qu't'as planté tes crocs dans les cuissots de Suzie-la-Poissonnière ? C'est pour t'étourdir de plaisir que j'ai déniché une accoucheuse d'avorton ! Et toi, tu lui croques le jambon ! Sauvagette ! C'est une avorteuse bénévole, en plus ! C'est pas la reine diplômée du curetage ! T'en veux ou t'en veux pas du haricot ? Moi, Mariette… ma perle miridieuse… j't'en inoculerai des douzaines de têtards ! J'leur enseignerai la capillophilie ! J'les empoétiserai, nos radis ! Mais pas pour leur déguiser la vérité… Ma miséreuse pauvreté, j'leur claironnerai en pleine truffe !

Pauvre je suis de ma jeunesse,
De pauvre et de petite extrace,
Mon père n'eut onc grand richesse,
Ni son aïeul, nommé Horace ;
Pauvreté tous nous suit et trace.
Sur les tombeaux de mes ancêtres,

Les âmes desquels Dieu embrasse!
On n'y voit couronnes ni sceptres.

Mariette! Sois pas sourde quand j'te parle... Tu vois bien qu'tu peux pas continuer à materner tous les soûlauds du quartier! Vis ici avec moi, Lurette! Ça sera faramidieux! C'est pas une cabane d'un luxe à vous fendiller la cornée, alors on restera là juste quatre ou cinq lunes, le temps de trouver mieux... Les Plantes, c'est plein de mauvaises graines... Les lureaux camés s'imaginent que c'est à cause de l'ergot et de l'herbe rieuse qu'on lui a donné ce p'tit nom botanique... Mais c'est pas pour ça, Mariette... C'est parce qu'on vit comme les plantes, ici. Faut se faire arroser tous les jours pour pas crever. On pense qu'à trouver un arrosoir... toute la journée on pourchasse des jardiniers... mais on s'en rend pas compte... c'est l'instinct des pétales... pour pas flétrir, faut sucer de l'engrais... Tu comprends, Mariette? C'est pas ça, la liberté. Moi, j'suis libre comme le lys dans la vallée. Pour toi, j'vais mettre la pédale souple sur la vinasse... Ça fait déjà huit cadrans d'horloge que j'ai pas rongé un goulot! C'est dire si j'suis sec! À quoi tu penses, Chavireuse? Sage-rêveuse... Elles sont si jolies tes hanches... Qu'est-ce que tu fais? T'as étourdi ta jupe! Mais renfile ta laine! Escamote-moi ces fesses! Enfin Mariette! Les Plantes, c'est pas un lupanar! Tu vas vite en besace! On n'est pas seuls! Alphonse Grelot roucoule à deux pas sous sa piqûre héroïque! Même cousu-défoncé y va se rincer les prunailles sur tes pis gonflés! Jeannette! Emmaillote-moi ces seins! Ta mère t'as jamais appris à jouer les pieuses-n'y-touche? Tu confonds tout, Sourdette! Tu dois d'abord faire mine de t'escamoter en rougissant parce que t'es pas du genre à te laisser effleurer la virginité ! Mais Mariette ! Qu'est-ce que c'est que cette position ! Plus on aime, plus on attend pour se faire tripoter ! C'est connu comme la louve blanche ! Figure-toi le désastre si la Belle au Bois dormant faisait comme toi ! Le Prince qu'a poiroté cent ans ! qu'a affronté les pires périls et les plus odieuses calamités ! et quand y s'approche du lit en dentelle de la Jolie Roupillante pour cueillir un doux baiser, elle arrache sa robe de conte de fées, regarde son Prince sans paraître du tout effarouchée et ordonne qu'il lui poinçonne le coquillard ! Ah, ça non, Jeannette ! Ah ?

Oui... C'est une façon de faire, Mariette... Ça fait des centenaires qu'une lurette m'a pas sucé la queue avec son rouge-à-lèvres... T'es pire que belle avec ta langue et tes tétins bandés... J'en peux plus de t'aimer.

XXXI

Tulipe verse l'essence sur la peau des Plantes. Je le déshabille. Il danse, joues violettes et caves, paupières nues, hanches cassées, squelette d'orteils sur le voile de mariage, excoriation précieuse du sexe sous l'ongle, crâne lisse. Tulipe chante, veines grosses au râle-gosier. Au fond de la mare coule sa frange blonde.

« À quoi ça sert ?

– C'est un rite de passage, Julien. C'est la cérémonie avant l'opération.

– Pourquoi ton sexe saigne ?

– Parce qu'il meurt.

– Tu t'es rasé la tête ?

– Oui, je vais faire pousser des cheveux neufs. De longs cheveux blonds de petite fille arabe.

– C'est de l'essence ?

– Oui. Elle remplace le lait. Je voulais verser du lait nourricier sur le sol des Plantes mais j'ai horreur de ça. C'est abominable l'odeur du lait froid. Alors j'ai choisi l'essence. C'est joli, pour un rite, les reflets verts et bleus.

– Si je jette une allumette, on brûlera tous les deux… Tu brilleras comme une torche. Est-ce que tu vas crier ?

– Ne dis pas ça Julien, tu me fais peur.
– Tu as peur de la douleur ?
– J'ai peur de toi.
– Pourquoi ?
– Pourquoi as-tu tué la vieille femme ?
– Tu es essoufflé.
– C'est la danse.
– Et c'est la peur.
– Oui, la peur aussi. Arrête de rire, Julien. Arrête ! Qu'est-ce qui te fait rire ? Range ce briquet !
– Je t'imagine demain. C'est tout.
– J'ai attendu si longtemps ! J'aurai des seins moyens… de la taille d'une orange… C'est une opération sans risque…
– Non, Tulipe. Tu n'auras jamais de seins.
– J'aurai des seins.
– Jamais. Jamais, jamais, jamais, jamais…
– J'aurai des seins, Julien !
– Je t'imagine demain…
– Tu m'imagines avec mes seins ?
– Non, je t'imagine brûlée.
– J'en ai assez. Je ne veux pas que tu restes aux Plantes. Tournesol va te…
– …rembourser ?
– Qu'est-ce que tu racontes ? Pour t'avoir hébergé gratuitement ?
– Pour m'avoir volé mon argent ! Il disparaît et trois jours plus tard tu te fais planter des seins !
– Je t'avais prévenu, Julien. Seulement voilà, il y a des espèces qui imaginent que l'argent leur appartient, que c'est génétique, comme les seins. Ils pensent que

c'est un organe, l'argent. Range ce briquet sinon j'appelle au secours et tu iras en prison !

– Tu me plais beaucoup, Tulipe. Je ne sais pas pourquoi.

– Parce que tu te consoles avec des sentiments. On te suce le sexe à moitié et tu trembles déjà.

– Tu as piétiné ton voile de mariée dans l'essence… Tu n'es plus amoureux de Tournesol ?

– Si, je suis très amoureuse de Tournesol. Ou alors de son argent. Ou de la cicatrice qui lui fait comme une longue fermeture éclair dans le dos. Ou alors… je suis amoureuse de l'idée que je suis amoureuse et que l'amour est la chose la plus mystérieuse au monde. Range ce briquet ! L'amour est la chose la moins mystérieuse au monde, Julien. Mes futurs seins et tes lèvres d'ange… ça c'est un mystère…

– Je t'aime, Tulipe.

– Tu es fatiguant, mon angelot. Tu cherches à me donner mauvaise conscience. Tu veux faire de moi une repentie. Mais je suis une plante…

– Alors, je te cueille.

– Tu es tellement niais ! L'amour, c'est de la mort-aux-rats. Donne-moi le briquet.

– Tu n'as pas froid, toute nue ? Je peux te toucher ?

– Donne.

– Regarde, Tulipe.

– Julien ! C'est criminel !

– Non, c'est juste une petite flamme.

– Si tu le fais, les Plantes vont brûler et nous deux avec ! C'est des souffrances atroces, le feu !

– Deux petites plantes qui partent en fumée… Une Tulipe et… et quoi ? Aide-moi à trouver une plante qui m'irait bien ?

– Je ne sais pas, Julien… une seringue à musique… Arrête !

– Très bien… une tulipe et une seringue à musique qui partent en fumée…

– Tu n'es pas un enfant normal.

– Je ne suis pas un enfant.

– Julien…

– Un enfant ne brûlerait pas une tulipe.

– Julien !

– Tu veux pleurer, Tulipe ?

– Tu ne vas pas faire ça ?

– Tu crois que je ne vais pas le faire ?

– Qu'est-ce que tu as, Julien ?

– Ne crie pas.

– Qu'est-ce que je t'ai fait ?

– Tu ne m'aimes pas ! Je veux que tu m'aimes !

– Je t'aime si tu veux.

– Ne dis pas ça ! Tu parles comme une machine ! Aime-moi pour de vrai !

– Pars, Julien, et ne reviens jamais.

– Tu es comme Gisèle.

– Pourquoi l'as-tu tuée ?

– Parce qu'elle m'a dit de partir et de ne jamais revenir.

– Julien ! »

XXXII

Vous en faites bien des histoires querelleuses pour des peccadilles pétrolières ! Faut pas s'crêper la frange comme des torchonniers ! Une goutte d'essence, ça carbonise pas une chaumière ! Tulipe, t'as vraiment l'art de l'outrance dramateuse ! Y'a pas mort de lureau ! Quelle idée aussi de noyer les Plantes sous des bidons d'huile ! Tu nous enlises avec tes sacrements superstitieux ! Dylan allait pas t'immoler la cabriole, j'te dis ! C'est le chagrin qui lui a déboulonné la prudence… C'est pas de l'assassinerie volontaire ! Hein, Cow-boy, que t'avais pas l'intention barbaresse de faire barboter le briquet dans l'or noir ? Vraiment ? Mais t'es percé, marmot ! T'ébouriffe pas, Tulipe… C'est des paroles en laine ! Vois le bon côté de l'épopée… j'suis arrivé à virgule nommée ! Un peu plus et j'retrouvais des pétales carbonisés dans toute la joie lactée ! Enterrez le gourdin d'guerre, les enfants ! J'ai des nouvelles faraminantes dans ma besace poétesse ! Tendez vos ouïes ! J'ai pas mis un bouchon à ma carrière de récitateur par fantaisie lunaire ! Ah, ça non ! C'est le goulot alcoolifié qui m'a enrogné la gentillesse… En fin de carrière, j'me jetais à la nuque des clients en les traitant de chiures vomissantes de bourgeois, de moelle épineuse poéticide, d'égocentreux dramatophobes, de coquilles Saint-Pierre artistophages… j'en passe des vertes et des raclures… Mais le vinaigre est pas tombé des cieux ! Avant, j'étais plus sobre qu'une musaraigne ! J'ai commencé à planter les crocs dans la vineuse quand la géniteuse Gisèle m'a laissé sur le trèfle ! Aux oublieuses, le Gaston ! Dehors ! Rassis ! Piéça dévoré et pourri ! Et Roger… ce bon Roger… le patron semi-claudiqueux de l'Estaminet… y m'a rugi des hargneries grinchantes ! Comme quoi que j'aurais offensé le client ! Comme quoi que le client était roi ! Roi ? Mon os ! N'importe quoi ! À l'Estaminet, j'peux vous assurer que l'client il est tourneur-fraiseur, il est balayant, il est poivrot certifié, il est chômeur, y s'en fait pas pour sa santé, mais il est pas roi des Lutéciens ! Le Boiteux m'a tronçonné l'estime-de-moi avec ses sermonades ! Il a accusé mes récitaux de vieilleries médiévales ! Y trouvait aussi qu'on y comprenait goutte aux *Infortunes de la Lurette grivoise* et que j'articulais un méchant patois pas comestible ! Quel grognassion ! Fallait pourtant peser le dilatement des prunailles ! Les clients soulevaient des paupières béantes pour mieux goûter ma verberie… L'Estaminet s'envibrait à coups d'Villon ! Roger pouvait plus clôturer son bar à vers tellement qu'les lureaux périssaient d'enchantement ! Y s'arrêtaient plus d'aspirer des tonneaux de bière ni d'reprendre en chœur :

Item, mon corps j'ordonne et laisse
À notre grand mère la terre
Les vers n'y trouveront grand graisse,
Trop lui a fait faim dure guerre !

C'était p't'être des décombres… des épaves à douze degrés… mais ça leur caressait l'âme, ma poésie… Et pendant qu'le houblon crachait des tonneaux, y perdait pas son blé, Roger ! Un puits d'pétrole ! Une carrière de diamants ! Voilà c'que j'étais pour lui ! Un trésor ! Alors c'était vraiment un tracas désolant le soir où j'ai mordu la nuque d'une bêcheuse parfumée à l'éther de camomille… une vieille coiffée en caniche qui s'était moquée d'une miridieuse ballade :

Je meurs de soif auprès de la fontaine,
Chault comme feu, et tremble dent a dent
En mon païs suis en Terre lointaine…

Son gros derrière gélatineux gigotait du scrotum. Un peu plus loin, ça chante : *Je ris en pleurs et attends sans espoir.* Alors la gérontale a beuglé à travers l'Estaminet : « C'est ça, Gaston ! Chiale bien et te fais pas d'espoir ! Tu finiras pas à l'Olympia ! » J'ai scié net la ballade. J'ai lâché mon estrade. J'ai empoigné la lurette, j'ai tiré sur sa botte de foin et j'ai mordu jusqu'aux cervicales sa vilaine nuque de pioche !

« Tu sais, Dylan… ta Rosalie… ta donneuse de jour… c'est en ouïssant *La mort le fait frémir, pâlir, le nez courber, les veines tendre, le col enfler, la chair mollir,* qu'elle m'a trouvé radieux. Alors, c'est décidé… fort de ma sécheresse du foie… j'vais recoudre ma carrière estamineuse ! Ça vous en bouche un caneton ! Tulipe ? Dylan ? Ça me gratine de gaieté vos encouragements ! Dites des mots ! Dégoupillez vos mâchoires ! Tulipe ! Dis quelque chose !

– Ton fils est un assassin. Reconnais qu'il a essayé de me brûler vif !

– Et toi, Dylan ? T'as rien à dire de plus congratulant ?

– Si. Alphonse Grelot t'as vu sur Mariette Lancelot.

– Et qu'est-ce que je faisais là ?

– Alphonse Grelot dit que tu respirais comme un âne.

– Alphonse Grelot est un calamar berbère !

– Alphonse Grelot dit que Mariette est grosse comme une autruche.

– Quelle châtaigne épineuse, ce Grelot ! Elle est pas grosse, elle attend quelqu'un !

– Elle attend qui ?

– Un bébé, pardi !

– Tulipe m'a volé tout mon argent. Je rentre chez Gisèle.

– C'est vrai, Tulipe ? Tu lui as étourdi ses picaillons ?

– C'est vrai, mais je n'ai pas essayé de le brûler vif, moi. Et rends-moi les habits, Julien ! Ma dentelle n'a rien à faire sur un couteau !

– Je ne suis pas un couteau !

– Tu es pire qu'un couteau ! Tu es la main qui tient le couteau ! Tu es la voix qui dit à la main de tenir le couteau !

– Du calme ! De l'eau plate ! De la mer d'huile, nom d'une pelle ! Dylan ! Tulipe ! Qu'est-ce que c'est qu'ces tirades de westerns ? Y'a pas un lureau pour articuler des muleries pareilles ! Dylan ! T'escamote pas comme ça ! Tu vas chez la mygale putréfiée ? Dylan ! Réponds-moi ! Julien ! Tu peux aller à Fresnes directement ! Pas la peine de faire des détours ! Tu l'as tuée ! Mets les orteils là-bas et ils te cueilleront comme un lardon! Tu vas buter sur trois uniformés enrognés! Bravo, Tulipe! Tu lui retournes le cœur en amoureries! Tu lui suces le dard! Tu l'emmitoufles dans tes dentelles à crochetons! Tu lui fais miroiter talus et miracles! Deux lunes plus tard, tu lui maraudes son or pour financer tes pis laiteux et deux lunes plus tard, tu le jettes sur le pavé!

– Je ne lui ai rien promis. Il est tombé amoureux.

– On tombe pas tout seul, Coquelicot. T'as dû faire des promesses oculaires…

– Je n'ai rien promis! Ni avec les mots, ni avec les yeux!

– Et avec les lèvres muettes et branleuses?

– Gustave! Si j'avais fait des promesses à tous les hommes que j'ai sucés! Et puis cours au lieu de parler! Il est parti chez Gisèle! Rattrape-le! Cours! Quoi?

– J'sais pas courir. »

XXXIII

Rosalie. Elle disait : « C'est pas normal de faire ça avec son fils. »

Il disait : « Ça coûte moins cher. »

C'était une excuse. Monsieur Barde-Dranqueuleux aurait payé des donjons en diamants pour que je pose pour lui.

Ce jour-là, elle a dit : « Je sais ce que tu fais avec Julien. »

Je regardais les illustrations bleues et or de *Louis Ier le Débonnaire.* J'ai redressé la tête. Mon corps ne s'est pas mis à trembler. Au contraire. Un tremblement s'est mis à me donner un corps. Je n'étais plus que ça. Une colère de peau piquée. Elle a renversé le chevalet d'un coup de pied et la toile s'est crevée sur le coin d'une table. La toile où j'étais, moi. À l'endroit du foie. Monsieur Barde-Dranqueuleux ne me peignait pas pour qu'un rectangle colorié me ressemble. J'étais la toile. Sans ressemblance. Intimement et à deux. J'étais toile et j'étais là. Transsubstantiation.

Il a dit : « Tu ne sais rien, ma pauvre Rosalie. »

Elle m'a montré du doigt, comme si je n'étais qu'un petit enfant nu. Alors que j'étais la toile, le modèle immortel, la chair dans le plein, transfiguré. Elle a crié.

« Faire ça à un enfant ! Ton fils ! » Je ne comprenais pas ce qu'elle croyait savoir, mais je voulais qu'elle le croie. Ardemment. Je voulais qu'elle croie cette chose affreuse qui lui déformait le menton et lui écartelait les lèvres. Pas par cruauté. Par eucharistie. Pour qu'il existe un témoin de l'amour qui liait Monsieur Barde-Dranqueuleux à chaque bouchée de ma peau en état d'art et d'envie.

La sensation d'amour est un état permanent. Elle emprunte simplement – selon le parfum, la lumière, la bouche accidentelle – différents réceptacles que l'on croit adorer pour leur singulière bizarrerie mais qui ne sont qu'une succession de récipients. Je n'aimais pas plus Monsieur Barde-Dranqueuleux que tous les calices susceptibles d'accueillir ma disposition amoureuse. Mais c'est la façon dont Rosalie se distendait de rage qui rendait Monsieur Barde-Dranqueuleux plus précieux qu'un étui habituel. Nous devions nous aimer plus qu'un peintre et son modèle pour que Rosalie ait le corps démantibulé par un bégaiement. Et je suis resté là, le foie perforé sur l'arête coupante de la table. Personne ne s'est soucié de la blessure, écailles agonisantes, incision du rouge vermillon. Je garde la cicatrice. La nuit, avant de m'endormir, je respirais les odeurs de peinture qui craquaient dans ma tête, me faisant l'effet d'un papier bulle de déménagement. Jouissances en cascade des petits globes crevés.

Cette nuit-là, comme chaque nuit, nous dormions à trois dans le grand lit. Elle s'est levée. La lune éclairait ses cheveux. Elle n'est pas allée le chercher dans le tiroir de la cuisine, épouvantée. Il était prêt sous l'oreiller. Le couteau. Elle m'a souri tendrement, avec la dernière phalange de l'index sur le creux délicat de la lèvre supérieure. Elle a enfoncé la lame à la base du cou. J'ai vu la masse noire et mouvante grossir comme un bavoir autour du col de Monsieur Barde-Dranqueuleux. Elle a retiré la lame coincée dans la gorge, elle a écarté les pans de la chemise de Monsieur Barde-Dranqueuleux, elle a caressé sa poitrine, elle a planté la lame, elle a dressé le bras très haut, elle a percé le ventre, elle a percé la paume de la main, l'odeur du sang, elle s'est mise à haleter, elle a crevé un œil, elle a piqué le nombril, bouillon rouge, elle a craché sur le ventre qui engloutissait trois coups de lame, elle a gémi, rauque et faible, j'ai regardé trembler ses lèvres, elle a pris la tête de Monsieur Barde-Dranqueuleux entre ses mains, l'a replacée au centre de l'oreiller, elle a observé le couteau comme s'il n'était plus le bon objet, elle a posé la pointe sur le cou, elle a fait peser tout le poids de son corps pour crever l'épaisseur de viande, elle a doucement soupiré, calme, les lèvres blanchies, après la peur, souples et froides, elle m'a regardé en inclinant le visage sur son épaule dénudée, fine, ronde et nacrée, elle a enfoncé le couteau dans la bouche tendue de Monsieur Barde-Dranqueuleux qui se bombait au-dessus des draps, noir cerise, elle a enfoncé le couteau dans la fossette d'une joue, elle a enfoncé le couteau dans le front bosselé, qui a résisté, l'os, et craqué.

XXXIV

Mariette ! Faut s'escamoter des Plantes ! C'est pas un coquillage moulé pour une perle chavireuse, ce miséreux paysage… Mire-moi Momo l'Ergot… Il a encore la pudeur de pas s'piquer les saigneuses tubulaires sous les prunelles des opiacés ! Y se troue dans son coin… C'est délicat ! Mais alors, Marie Pioche-de-Plomb ! C'est pas la discrétion qui l'égosille ! Au beau milieu d'l'arène ! Froissée en deux comme un pruneau ! C'est pas des poux qu'elle cherche sous la plante de ses petons ! Les poux, ça suce la sève de tête, pas les champignons entre les orteils ! C'est la p'tite veine dissimulée qu'elle scrute toute recourbée ! La p'tite locomotive transporteuse d'héroïne ! Mais elle peut aller s'recoucher sur son carton moisi, la Pioche-de-Plomb ! Elle leur a tellement pompé la moelle aux veineuses, qu'elles sont plus qu'un désastre de morsures pourries ! À force de repiquer dans les croûtes déjà trouées, elle s'enrogne la carcasse ! Jeannette-Lurette, mire-moi Alphonse ! Est-ce qu'on dirait pas un trépassé ! Les prunailles révulsées ! La maigreur des côtelettes ! Son squelette lui est passé pardessus la peau ! Quelle pépinière de fanés ! Et Tulipe qui va rentrer tout boursouflé du thorax ! Le vocabulaire va me lacuner pour lui congratuler ses mamelles en

PVC… Faut s'évaporer, Mariette! Ton tuteur va pas tarder à se déligoter la saucisse… Y va nous timbrer la fliquerie au trou du culot! Immigrons-nous! Y'en a des pays! Des faramineux! Des ensoleillants! Des océaniques! Pourquoi tu m'serres si fort? Mariette? T'as peur des pays? Doit y'en avoir des cheveux exclamifiques dans ces contrées! Ma capillothèque va friser d'allégresse! Et puis, tu sais, la sourderie, ça s'exporte bien… ça t'épargne l'apprentissage des dialectes autochtogonaux… Moi non plus, je m'encombrerai pas des syntaxes indigéneuses… La poésie, c'est déjà traduit. Tu comprends, Mirette-Jeannette? La poésie, c'est pas tant des mots exactement que des mots hasardeusement… Quoi! Encore, Lancelette? Va pas t'inoculer des fausses gaietés! J'pourrai pas longtemps te sautiller trois fois par lune! À l'époque, j'encrimaillais les lurettes sans me décarcasser l'érective volonté… Ça s'érigeait en un baiser! Mais la vieillerie m'a rendu la bandaison capricieuse… Ah! non, Mariette! Pas question qu'un seringué se rince les sourcils encore une fois! Rhabille-toi les mamelles! Pas de prouesses publiques! Suis-moi dans l'atelier… T'es un charbon ardeux, Jeannette! *Chut*? Pourquoi, *chut?* Tu veux que j'me taise? Mais t'entends goutte! D'accord, Perle atlantique… Je me tais… Comme un oreiller! T'as compris la blague, Mariette? *Taie d'oreiller*? Fronce pas les arcades souricières! J'me tais! Silence! Mais elle me mord, la Nacrée! C'est pas pédagogique! C'est comme Gisèle qui m'lisait les strophes trop vite… j'arrivais pas à visser tous les vers de Villon à ma mémoire… Y faut m'laisser l'temps d'me taire, Jeannette! Faut encore que j'trouve le bon rythme du silence! Tes cheveux… T'as les cheveux plus doux que c'que les doigts peuvent caresser... Dommage que j'puisse pas baiser tes cheveux... Personne sait jouir des bulbes ni des écailles... Moi, ça m'ennuie à flétrir les langueurs coïteuses... C'est pas contre toi, Lancelette... C'est d'une joliesse à violer des vaches tes cuissettes grand'écartées... Mais quelle pitrerie la baisouillette! J'en ai la banderie qui faseye et qui ralingue... C'est pas comme les pieds qu'ont mille fois prouvé leur utilité! La sexualité, ça sert à rien! C'est se greffer des complications à l'existerie! C'est pour mijoter du mystère qu'on fait s'entre-baisouiller les lureaux... C'est une invention pour les p'tits pions obéisseux! Si par délice ça les faisait au moins s'exclamer d'hébétude! Mais non! Y partent à la baiserie comme à la guerre! Y sont poètes comme des légionnaires! Faut pas croire les raconteries des lureaux vantards qui rapportent des faramitudes... Comme quoi que Ginette aurait des pis d'impératrice! Et que Sylvette aurait un croupignon de sirène! Neuf reins sur dix, les lureaux s'ennuient à la coucherie! Les lureaux rêvent aux saligauderies qu'ont leur a jamais susurrées à l'ouïe... Qu'est-ce que tu fais, Lancelette? Tu te rhabilles? T'es orageuse? J'suis désolé, Lurette! J'ai complètement oublié de m'appliquer à la besogne! T'es d'une radieuse miritude! Te vexe pas l'orgueil! Pars pas, Jeannette Duval! C'est pour tuer la peur que j'enfile les mots sans respirer! Reviens, Mariette! J'allais justement t'enculer! C'est la faute à l'amour!

XXXV

J'invente un mot à chaque marche. S'il n'a pas l'allure d'un mot vrai – un mot qui a la forme et le poids de son sens – je redescends l'escalier et je recommence. D'abord les mots qui évoquent la peine et la douleur. *Agonche. Fécrule. Acœur.* Puis les mots qui disent la légèreté de l'être. *Sistelle. Sèble. Leige.* Puis les mots de l'amour. *Cara. Herline. Elbane.* Et ceux de la musique. *Ondelle. Trillesse. Kâr'.*

« Bonjour, Djamila.

– Julien ! »

Je m'assieds au bord du lit. Ses doigts comme des rubans dans mes cheveux. Elle a maigri, je crois. Le visage. Elle doit souvent pleurer. Les petits vaisseaux rouges dans le blanc de l'œil. Les cernes gonflés. Les mains pressées l'une contre l'autre. L'irritation sous les narines pelées. La voix capturée dans la gorge.

« Parle-moi, mon petit. Raconte-moi quelque chose. Idir, mon cœur. Je peux t'appeler Idir ?

– Oui, ça m'est égal. Tu veux que je te lise le début de mon roman ? Ça s'appelle *La Vie ratée de Gisèle Picq.*

– D'accord, lis-moi ton roman.

– Non, c'est pas un roman, c'est un début de roman. C'est une préface… ou un prologue.

– J'm'en fous du nom, Julien ! Lis-le, ton truc.
– T'écoute bien ?
– J'écoute, mon cœur.

C'est bien dommage
D'imaginer
Qu'on va jouer
Des tragédies
Fendre les planches
Pour les bourgeois
Les soudoyer
Avec des mots
Et fissurer
Leur foie pourri
Puis s'abîmer
Le bout des pieds
Sur un piano
Désaccordé

C'est bien dommage
De passer l'âge
Des coins cachés
(Où l'on se touche
– Tambour du cœur –
Sans voir le sein
Déshabillé
De la Jolie
En peau de sueur
Tout essoufflée
Par un baiser)
À plisser l'œil
Sur une aiguille

Qui te ligote
À l'atelier
Et laisse filer
Inassouvi
Le bel espoir
La comédie
Le rideau rouge
Une fille de l'air
Comme une feuille
Brune à l'automne
Se laisse choir
Et engloutit
Six pieds sous terre
L'écho rêvé
Applaudissant
De mille fauteuils
Imaginaires

C'est bien dommage
De manquer d'or
Et de chasser
Dans les allées
De drôles de gars
Qui te soulèvent
Sur un rebord
De matelas
Pour quatre sous
Ils tournicotent
Dans ton vagin
Grincent des crocs
Suent comme des porcs
Oublient parfois

De remarquer
Que je suis là

C'est bien dommage
De mettre au jour
Gustave le Fou
Le Rire
Le Rare
Avec un clown
De passage
Un militaire
Édouard le Sage
Et lui crever
L'amour des vers
En se moquant
De son français
Lui faire bouffer
La honte, le froid
Gueule piétinée
Sur le pavé

C'est bien dommage
De recueillir
Julien-le-Rêve
Entre tes griffes
De guenon
Pour le traîner
Chaque dimanche
À la prison
En lui soufflant
Dans le tympan :
Devine mon chou

Qui nous attend
Pour réclamer
Un peu d'argent
C'est l'Assassine !
La mère indigne
Qui sous tes yeux
Creva la peau
D'un gribouilleur
Qui par misère
Douze ans plus tôt
S'acoquina
De Rosalie
Pour lui flanquer
Dans l'placenta
Le pauvre infirme
Que tu es

C'est bien dommage
D'avoir voulu
Me faire sucer
À moi aussi
Le paillasson
De ton palier
Si aujourd'hui
Tu t'interroges
Douce Gisèle
(Qui fredonnais
Les doigts courbés
Un vieux refrain
Quelques mesures
De Couperin)
Sur la récolte

De ton aigreur
Et de tes cris
Tu dois te dire
Qu'ai-je gagné
Dans cette vie ?
Un fils perdu
Poète cassé
Qui foule les rues
De l'aube au soir
Et dort le fion
Sur le trottoir ?
Un pied de cage
En fonte lourde
Qui vient s'abattre
Comme un rasoir
Sur la poussière
De mon chignon ?

C'est bien dommage
Le temps perdu
À pas se dire
À haute voix
Comme on s'aimait
C'est bien dommage
Ce p'tit poème
Qu'oublie d'avouer
Sale araignée
Combien je t'aime

C'est bien dommage
Froide Gisèle
D'être sans toi

– C'est fini ?

– Oui, c'est l'histoire de Gisèle.

– C'est pas très clair, mon chéri.

– Mais c'est de la poésie, Djamila.

– Tu racontes la vie de Gisèle et tu parles pas de moi ?

– Je peux ajouter un vers si tu veux.

– Un seul vers ! Pendant vingt ans j'ai monté les courses ! Comme une fille ferait pour sa propre mère ! Tu penses qu'elle m'aurait dit au revoir la vieille ? Macache !

– Djamila, calme-toi… Elle pouvait pas te dire au revoir…

– Comment ça ? Tu te fous de moi ! Ça prend trente secondes de dire au revoir !

– T'as pas compris ma poésie… Elle ne pouvait pas.

– Rajoute-le ton vers sur moi ! Fais-le tout de suite ! Écris : "C'est bien dommage : Djamila pendant vingt ans s'est crevé l'cul pour presque pas un dirham à monter la bouffe et l'courrier d'une vieille conne raciste qui savait pas faire de piano et prenait des airs de duchesse pour me parler alors qu'elle a montré sa motte et tapiné bien avant moi ! Elle a même eu mon père comme client ! C'est dire si elle avait des goûts de chiottes !" Ajoute ça ! Écris-le !

– Je peux faire une adaptation, Djamila… mais tel quel… ça ne va pas… il faut compter les pieds… et ça rime pas, en plus…

– *Courrier* et *tapiné* ça rime pas ? Tu veux m'apprendre le français, Julien !

– Ça rime mais les deux mots sont trop éloignés… Et les rimes en « é », tu sais, c'est pas très original…

– Et *motte* et *chiottes*? C'est comment, sale petit con ?

– *Motte* et *chiottes,* c'est parfait, Djamila !

– Pourquoi tu ris ?

– Djamila, je t'aime beaucoup…

– Moi aussi, sale petit con. »

XXXVI

C'que j'oublie d'vous narrer, gracieux lecteurs, c'est qu'j'suis pas encore trépassé! Gaston est plus vif qu'occis! Mais c'est préférable de pas s'alourdir les feuillets sur la suite de l'épopée... J'préfère m'escamoter du roman au bon moment... M'éluder des *Pendus* tant qu'j'suis encore glorifié par mon insigne sobriété! Déifié par l'amoureuse lubricité d'Jeannette Lancelot! Empoétisé par ma capillothèque d'une outrageante ingéniosité! Magnifié par l'ambition d'm'en retourner à l'Estaminet pour réciter d'antiques lyriqueries! Faut pas outre-affliger les lecteurs avec des vérités fâchantes... C'est d'une tristerie c'qui s'est passé après! Tout avait pourtant commencé par d'indicibles gaietés...

Émilie, narre pas contre mon gré l'issue merdeuse de mes forfaits.

XXXVII

J'ai hâte de revoir Gisèle. L'entendre jouer. Djamila me retient avec des baisers. Ses mains glissent par le col de mon pull.

« Pars pas sans t'occuper un peu de moi... J'ai que toi au monde... Ça se passe bien avec Gisèle ? L'artiste de l'avant-dernier arrête pas de se plaindre ! Il dit que ça pue par dessous votre porte ! Julien, franchement, tu fais le ménage dans cette maison ou tu laisses les assiettes s'empiler dans l'évier ? Viens dans ma chambre. »

J'imagine la masse impalpable de ses larges fesses vides.

« Je suis amoureux d'un garçon. »

Tulipe n'est pas exactement un garçon. Djamila dit :

« Qu'est-ce que tu veux que ça me foute que tu sois amoureux ? Tu as besoin d'être amoureux pour me baiser ? Tu serais bien le premier ! »

Je dis :

« Je suis le premier. »

Elle me tend une pâtisserie au miel, lourde, collante.

« T'aimes pas les Arabes ? C'est pour ça que tu veux pas le faire avec moi ! »

Non, c'est parce que ton ventre est un chaudron de taverne où mijote à grosses bulles de cellulite la pâte informe de ta peau.

« Djamila ! Arrête avec ça… Ce garçon que j'aime, il s'appelle Tulipe, mais il s'appelait Mehdi quand il est né. » Son visage découpe un grand sourire qui laisse voir les petites dents nacrées. Je voudrais les extraire une à une pour en faire un collier.

« Mais qu'est-ce que tu me racontes encore comme connerie ! Un Arabe pédé ? Ça existe pas. »

Je ne dis rien et je me souviens d'Idir qui me tenait par la main jusque dans l'allée des Âmes-Joyeuses, derrière l'immeuble, et m'enculait contre le mur de crépi, me demandant d'une voix grave, onctueuse, et qui m'arrachait des frissons, s'il me faisait mal, si je n'avais pas froid, si je serai là demain, si je préférais aller à l'hôtel les jours de pluie. Il me faisait mal, je n'avais pas froid, je serais là demain, même sous la foudre, sous la neige et les grêlons pour m'entailler le dos, je ne quitterai pas notre mur de crépi gris.

« Je dois partir, Djamila. »

La dernière fois.
Que je te vois.

XXXVIII

J'invente un mot de pluie à chaque marche. *Tieuse. Clatante. Bruidée. Tipe-tage.* J'entends une voix. La porte qui tremble sous des poings d'impatience. Je reconnais la voix. C'est Rosalie.

« Maman ?

– Ah ! t'es là, Asticot ! Ouvre-moi cette putain de porte… Gisèle devient sourde comme un pot ! Ça fait dix minutes que je frappe !

– Tu t'es battue ?

– Quoi ? Ah ! *Ça* ? C'est rien, Puceron… C'est Gabrielle, la connasse des Fanettes… On peut pas dire que t'aies poussé, toi ! Elle t'a pourtant bien nourri, la vipère ? Tu l'ouvres cette pute de porte ou faut coucher dehors ?

– Alors, t'es sortie des Fanettes…

– Désolée, mon pou ! Fallait s'y attendre ! Moi aussi je tirerais la gueule à l'idée de retrouver ma mère si j'étais toi ! Et tiens ! Pendant que j'y suis… Merci pour l'argent ! Les chocolats ! Les habits neufs ! Les longues lettres et les visites au parloir !

– C'est Gisèle… elle voulait plus qu'on vienne te voir et elle voulait plus t'envoyer d'argent…

– Et alors ? Fallait piquer dans son dos, espèce de guimauve ! Toi, en taule, j'te laisse deux jours pour te faire piquer ton herbe et défoncer le fion ! La porte, Julien ! Ça pue dans cette cage d'escalier ! Qu'est-ce que c'est que cette odeur ? C'est dégueulasse…

– J'ai pas les clefs. Je vis plus ici.

– Tu délires, Julien ? Et tu vis où, s'il te plaît ?

– Dans un squat avec Gustave.

– Il est pas mort d'une cirrhose, ce porc ? J'imaginais que depuis le temps qu'y dort à la belle étoile, y serait déjà crevé comme un… Attends un peu ! Qu'est-ce que t'as dit ? Un squat ? Quoi comme squat ? Un squat de camés ?

– Ouais… on peut dire ça.

– Enfin une bonne nouvelle, bordel ! Y me faut n'importe quoi ! Du speed, de l'héro, du shit, de la coco… J'ai pas de quoi payer mais la moindre merde fera l'affaire. Même du crack, tu sais ! Niveau qualité de défonce, j'ai sacrément rétrogradé aux Fanettes… Qu'est-ce que t'as, mon chéri ? Tu boudes ? T'embrasses pas ta mère que t'as pas vue depuis deux mille ans ?

– T'as fait une teinture à tes cheveux ?

– M'en parle pas ! C'est l'eau oxygénée qui a tout foutu en l'air… J'voulais un blond platine discret ! Et j'me retrouve avec des mèches jaune pisse sur la tête… Touche pas ! C'est du foin ! C'est tellement bien de te retrouver, Julien ! Laisse-moi t'embrasser… T'es heureux de retrouver maman ? Allez ! Sois pas rancunier ! T'étais mieux loti avec la vieille mygale qu'avec ta mère ! Crois-moi !

– Me touche pas comme ça, Rosalie.

– M'appelle pas Rosalie, mon chéri… J'suis ta mère quand même… Fais au moins semblant ! Merde ! C'est pas de ta faute, tout ça… Quelle vie de merde! Quelle putain de vie de merde!

– Pleure pas, Rosalie…

– Je pleure pas… C'est cette odeur qui me pique les yeux…

– J'ai retrouvé les clefs.

– Tant mieux! Et puisqu'on en est aux bonnes nouvelles… j'ai eu un bébé prématuré aux Fanettes.

– C'est un garçon? C'est une fille!

– C'est rien du tout. Y m'a servi qu'à vomir et à gonfler comme une truie pendant sept mois. C'était un vomitif, ta sœur! Hé? Julien? Qu'est-ce que t'as? Chiale pas! Je disais ça pour rire… Désolée, criquet… Viens là… C'est des conneries, tu sais… Ça me faisait pas tant chier que ça, le bébé… Ça me faisait une compagnie dans le ventre… J'aimais bien le sentir bouger la nuit… Je mettais les mains là… C'était bien, les p'tits coups de pieds… Faut pas chialer pour ça…

– Mais elle est où? T'as quand même eu le droit de la garder? C'est ta fille!

– C'est ça! L'assistante sociale a dit: « Vous avez l'air équilibré, pas drogué, j'vois même des bouts de peau pas encore piqués entre vos orteils, vous me semblez tout à fait capable d'élever une handicapée! » T'en poses de ces questions de merde, Julien!

– Handicapée? Pourquoi tu dis ça?

– Défonce-toi la gueule pendant sept mois de grossesse et tu verras la bonne mine qu'il a, ton chiard, à la sortie! Ouvre cette putain de porte et me regarde pas comme mère Teresa! C'est pas moi qu'en ai voulu de cette larve! J'ai essayé d'avorter avec un cintre, ça a raté, et moi, j'ai failli crever… »

XXXIX

Qu'est-ce que noiraude ma Silencieuse? J'en ai la rate tout alanguie de plus mirer son museau... Pourvu qu'elle aille pas ranger ses orteils chez Isidore! Ça me ventouse des épouvantails au cœur! J'ai la sueur qui me roucoule sur les tempes! La carrosserie genouillère qui frissonne à foison! Ça lui a lassé la vision de m'voir articuler des vérités ébranlantes... Mais me faites pas penser c'que j'ai dit! J'trouve les encastrements nudiques d'une exquise volupté! C'est juste que ça m'intimide à l'excès... C'est pas tout de promettre collines et merveilles à sa Lurette! De lui jurer des amoureries orgasmeuses! Encore faut-il qu'elle reconnaisse les promesses au moment d'l'assaut bandant! On sait pas tous épanouir le plaisir des lurettes rien qu'en y collant les dents! Moi, j'ai pas le sens des gymnastiques entortillées... Rosalie faisait que me le répéter! «Tu baises comme une salade, Gustave! T'es maladroit comme une théière et rapide comme un coup de pied!» J'y comprends goutte à ces saletés métronomiques! Pensez-vous qu'les Lurettes auraient au moins harmonisé leurs jouisseries clitoridieuses! Queue d'âne! Faut mordiller Suzette, titiller Justine, langoter Juliette, suçailler Lison! À chaque lurette sa branlaison secrète!

Elle me manque, la Mariette… J'suis retombé sur un p'tit goulot gratteux qui m'a réjoui la tristerie ! Venez pas m'inoculer des morales fétides sur la robustesse de la volonté… C'est d'une facilité nourissonne d'arrêter la vineuse ! Mais elle me tend l'étiquette cette petite bouteille trop pleine… Elle a froid, la carmine ! Viens donc te réchauffer dans les tripes de Gaston ! Ça te tiendra tiédeur ! J'lui ai prévu deux sœurettes et trois nièces à la rougeaude… J'suis tout en diagonale… Ça me dévie la cervelle, ce breuvage… Ça fait du biais dans l'paysage… J'ai pas voulu bibiner aux Plantes parce que comprenez-moi bien, j'ai claironné aux lysergisés que j'avais une volonté d'une héroïque espèce… qu'à l'avenir je boirai pas plus de vinasse qu'il n'y a d'opiacés heureux… et que c'était bien minable de les mirer se picoter les artères et se chamailler en crachant des canines cassées quand frappe la disette de poudre à planer… Alors forcément, ça me causerait d'honteuses sensations si je régurgitais trois litres de vinaigre sur le béton des Plantes, pile sous le groin des opiacés ! Du coup j'me fais petit… je suçote mon goulot en toute discrétion… sur le trottoir… là où filent les lureaux pressés…

« Lurette ! Madame ! Regardez par ici au lieu d'accélérer les talons ! J'suis à vos petons ! Sur le goudron ! J'vous arracherais bien une des horreurs filandreuses qui vous affublent le cerveau ! Grognassionne ! Pouffiarde ! Trogne de prune ! »

Elle a filé, la truelle ! Encore une goutte et j'vais à l'Estaminet… Les tabourets d'bar vont précipiter leurs poivrots sur le carrelage ! J'ai peut-être perdu Lancelette, mais j'vais encrimailler en deux strophes de Villon une douzaine de lurettes ! Elles auront l'amour naissant englué à ma récitation ! Surtout que j'suis d'une aisance faramidieuse entre les tables ! Je volette ! Je pirouette ! J'me promène de droite, de gauche, d'en haut, de par en dessous ! Et puis j'ai invité les Plantes en entier ! Quelle audience catastrophique ! Alphonse Grelot ! Marie Pioche-de-Plomb ! Tête-de-Filtre ! Momo l'Ergot ! Et toute la pépinière ! Même Tournesol LSD ! C'est dire si j'suis d'une humeur miridieuse !

« Hé ! Lurette ! Madame la rousse ! Attendez un peu ! J'veux pas d'argent ! Arrêtez-vous ! J'suis peut-être bourré comme un angle ! Saoul comme un baril ! Ivre occis ! Mais vous avez des fils-de-tête radieux ! Donnez-moi juste un cheveu ! Arrachez-lui son bulbe ! C'est pour ma collection ! »

Merveilleux ce dandinement qui m'ignore marquisement ! Trouffignasse ! Et une gorgée pour les lurettes aveuglées par la misère ! Une ! Je bois à la santé de l'humanité bien portante ! Et pour les autres… les mammifères enrhumés… j'bois pas… j'me vide d'amitié… J'irai baptiser une gouttière à grandes salves pisseuses de vin chaud ! Nous, les Pendus ! Crevons ! *Nous sommes morts, âme ne nous harie ! Et prions Dieu que tous nous veuillent absoudre !*

XL

La porte s'ouvre. L'air est épais, dilution du cadavre, grouillement, les charognes. Rosalie hurle. Aiguë. Brève. Sans souffle. Les mains pressées sur sa bouche. Je la conduis jusqu'au piano. Nouveau cri. Brutal. Le corps plié, précipité en courbe. À la manière d'un vomissement. Rosalie se tient les lèvres et le ventre. Les mouches grésillent, noires, leurs larges têtes vertes. La viande pourrie se hâte dans nos narines. Rosalie a tourné la tête. Le commerce des asticots enchevêtrés. Masses mouvantes. Indisciplinées. Métropole surpeuplée que j'observe avec curiosité. Les yeux creusés laissent voir l'agitation des vers blancs – par la bouche, hors du nez, à nouveau par les yeux, frétillants, ruche vorace. Les vers ruissellent sur les joues rongées, pénètrent les oreilles. Le bruit grandit et se trempe. Les mouches hurlent. Rosalie est accroupie, sanglote, silencieuse, et soudain, vomit. Des milliers de pattes rebondissent sur le chignon. Qui ne fait plus de poussière. J'ai l'impression que Gisèle est morte. Malgré l'agitation des insectes, le crissement vivant, le nuage d'ailes qui prend des formes de fruits. Je vais chercher le pied en fonte de la cage aux oiseaux. Je dis : « Je ne comprends pas, elle était vivante l'autre jour. Elle jouait les *Fauvettes plain-*

tives. Maintenant, on dirait qu'elle est morte. Tu ne trouves pas, Rosalie ? » Je ne peux plus respirer. L'odeur est solide. Elle me touche. Un moule de plâtre me fourre le nez de cendre noire.

Rougis salope
Moribonde
D'avoir menti !

Où sont les notes
Magiciennes
Indifférentes
Au temps des os ?

Je n'entends rien
Que le jus froid
Cent fois sucé
De tes boyaux !

Tu t'es enrouée
Sous un baiser
De crâne cassé
Rien ne résiste
À la puante
Vulgarité
Du corps ouvert
Qui se remplit
Par tous ses trous
De merde vive
Fourré, gavé
Comme une fosse
De sang caillé

Que tu es laide
Vieille putain
Sans ton habit
De peau tendue
Pour décorer
Tes intestins !

Que tu es grise
Quand tu es morte
Pauvre salope
Qui m'as trahi !

Que te coûtait
De me le dire !
« Tu sais Julien
Quand je crèverai
Notre musique
Crèvera aussi. »

Je dis à Rosalie : « Je suis très en colère. » Rosalie est effrayée. Elle couvre son visage derrière ses mains et m'observe entre ses doigts. Elle a peur parce que je suis mécontent et parce que je brandis au-dessus d'elle, assise, rabougrie, le pied en fonte de la cage aux oiseaux.

Je tombais en pleine nuit. Je pleurais. J'appelais ma mère. Je criais : « Rosalie ! » Gisèle venait. Son long chignon défait. Elle s'asseyait par terre. Aussi basse que moi. Elle soufflait sur mes mains. Pansement du vent. Elle ne disait rien. Je pleurais. Elle soufflait avec une telle application que sa respiration se dessinait sur ma peau. Indicible consolation. Contact immatériel qui promenait ses pieds de fée sur mes paumes grand ouvertes. Je cessais de pleurer. Peu à peu. La caresse sur mes mains. Douce. Je ne pleurais plus. Gisèle partait. Je suis très en colère. Je n'aime pas voir le haut de sa paupière frétiller. De quoi croit-elle se protéger avec ses petites mains en bouclier ? Je n'aime pas l'entendre chuchoter : « Julien, tu es fou ! Qu'est-ce que tu fais ! Je suis ta mère ! Tu ne sais plus qui je suis ? »

Je sais qui tu es, Rosalie. Tu es la femme qui me serrait contre son cœur dans le bus et faisait semblant de se gratter l'œil pour ne pas que je voie qu'elle essuyait des larmes. Tu es la femme qui a mis douze fois son couteau dans la peau de Monsieur Barde-Dranqueuleux. Tu es la femme qui écrit : « Tu imagines pas la chance que t'as de vivre comme un roi. » Tu es la femme que j'aimais tendrement quand Gisèle disait l'Assassine ! Tu es cette minuscule femme aux cheveux jaune canari qui se tarit sur le parquet, regroupe ses genoux sous un bout de menton qui flagelle, laisse couler son nez, remplit de larmes ses grands yeux clairs. Rosalie.

XLI

Émilie ! J'ai lu en travers de ton âme la suite de nos épiques péripéties ! Quelle lacune d'optimisme ! Pourquoi tu nous essores les rétines avec Tulipe et ses pis ! Pourquoi s'entrister la gaieté ! Va pas narrer à mille lureaux des intimeries qui ne prunaillent que lui ! Tricote des mensonges ! Apprête-lui une sortie digne de sa poésie ! Laisse-lui ses perruques et sa voilette de mariée ! Laisse-le roucouler des mielleries assaisonnées au LSD dans les bras cassés du Fongique ! Petite auteuse de mes soucis, j'ai des inquiétudes de héros… Extirpe-moi d'un doute… Pour toi, c'est juste des mots ? Tulipe et moi, c'est quoi ? Des amis ? Des droits d'auteur ? Des assemblages de trognes que t'aurais croisées dans ta vie vraie et recoupées au format romaneux ? Écrire, tu dis ? C'est quoi écrire ? C'est la vraie vie ou des semblances ? T'as mal au cœur quand j'ai mal au cœur ? À quoi tu rêves quand tu me tords ? Tu risques ta carcasse ou juste la mienne ? Ça te fout en bas, en l'air, en sueur de sang, l'issue étrangement morte de mes tourments ? Ça serait beau que ça te tue comme ça me tue. J'aurais moins froid. Je serais moins fou… Mais t'as jamais eu froid aux pieds. C'est pas facile à encercler la miséreuse existerie… C'est pas souvent les mêmes, les écriveurs et les souffreurs… Faut sécréter pour écrire… Est-ce que tu salives ? tu mouilles ? tu t'ensueur ? tu coules des pupilles ? Et puis faut écouter ceux qu'on écrit ! C'est pas de l'autobiographie ! Tu te gardes bien de nous les montrer tes tiennes de calamités ! T'es ni moi, ni lui ! Parle donc de c'que tu connais ! Tu bois même pas et combien de lunes t'as gribouillé à me faire passer pour un poivreux ? T'enrogne pas, petite lurette, mais ça te suffira pas la pitié, ton p'tit cœur battant, les dégoulineries d'amour, ta colère et tes humaneux sentiments… Pour nous raconter dedans, faudra songer à te congeler les pieds… Et encore, ça sera pas du vrai froid… T'es à l'abri, petite lurette… Question de société… Je critique pas, Émilounette… mais t'es née du bon côté…

Tu le sais que je suis pas un roman ! Je tiendrai pas sur des pages ! Dans ton merdeux feuillage ! Forêt naine ! Né avec la première ligne et mort quand ça s'termine ! Trouve des arrangeries ! Écris *Le Retour des pendus !* Écris *L'Ascension miridieuse de Gustave Picq* ! Mais me fracasse pas la cabriole comme un lureau de roman d'gare ! J'existe, Lurette.

XLII

Suite à l'après-treize-heures pourri que j'avais limacé sur le trottoir à pas picorer un seul fil écaillé pour ma capillothèque, j'me suis radiné aux Plantes, alcoolisé comme un grog. Calamité ! Ni ma perle chavireuse ni mon cow-boy de fiston étaient rentrés au coquetier... Mais une symphonie astrale de gémisseries criardes ! Marie Pioche-de-Plomb s'arrachait en beuglant des poils-de-tête... Alphonse Grelot et Tête-de-Filtre essoraient de vilains tricots saigneux dans des seaux d'eau... Suzie secouait Tournesol par les gigots en vociférant de toutes ses dents : « C'est de la charcuterie ! Qu'est-ce qu'ils lui ont fait ! Fais quelque chose ! Il va crever ! » Tournesol avait la rétine plus mornement fixe qu'une brouette au fond d'un lac et la pelure du visage aussi blême qu'une frimousse de nourrisson noyé. Momo l'Ergot dressait en l'air ses avant-pinces toutes tapissées de sang chaud. Nora-le-Cerne les lui essuyait tant mal que mal. Qu'est-ce qu'y trifouillait, l'Ergot, dans la carlingue gerbante de ma Tulipe ? Difficile à jurer, mais ça faisait mousser des grumeaux sanglants et des liqueurs blanchâtres pas comestibles. L'Ergot plongeait les phalanges en plein dans les mamelles creuses. Ça me démangeait les molaires de crier au Bulbe que j'lui préférais ses tétons d'avant l'opération. Faut dire que j'avais pas encore bien miré la citrouille de ma Tulipe : c'était la Faucheuse qui lui éclairait la face. Y soufflait comme une mulesse ! La bave bouillonnante au coin des labiales ! J'lui ai aperçu une de ces trouilles gravée à la vue ! J'ai balancé de côté les infirmières assermenteuses. J'me suis serré la coquille à deux orteils de ma Tulipe. « Qu'est-ce qui s'est passé, Coquelicot ? » Y gigouillait de tremblements. Sa perruque pendait sur le béton. On lui voyait ses pousses de cheveux noirs à Tulipe-Mehdi. J'me suis calqué un sourire à la trogne pour planquer la peur quigneuse qui me rongeait la rate et j'lui ai renfilé sa perruque jaune à grosse frange. « Hein ma Tulipe ? Fais pas ta timide… Parle-moi… Qu'est-ce qu'y s'est passé ? T'en fais une drôle de tête ! » C'était d'une difficulté pas commune d'articuler ces mots-là avec la lave de colère qui crapahutait mon estomac. Mes syllabes grésillaient bizarrement et puis voilà qu'il m'est chuté sur la gueule une tristesse d'enclume. Tulipe a fait sonner à tiers-voix quelques petites paroles pas digérables. « Pas à l'hôpital… Ami de Tournesol un peu chirurgien… Payé juste cinq grammes d'héroïne… Pas cher… Dans son garage… À la bonne franquette… Pas la faute de Tournesol… C'est l'hémorragie… » J'pouvais ouïr beaucoup d'laideurs. J'pouvais ouïr que l'chirurgien lui avait greffé deux couilles à la place des mamelles. J'pouvais ouïr qu'un camion lui avait roulé sur les tétons au sortir de l'hôpiteux. J'pouvais ouïr qu'en plein songe fleuri de LSD, Tulipe s'était délogé à lui tout seul la silicone fraîchement plantée. Mais j'ai pas été capable d'entendre que ce bientôt-mort de Tournesol avait troqué sa came chiasseuse à un quart de boucher contre l'estropillage de ma Fleur miridieuse… Fallait que j'sois animé de rareté émotive pour chuchanter à mon âme-frangine qui se fanait mortellement : « Je t'aime Tulipe. Mets-toi ça dans la tige. » C'est pas l'ethnie de bêtasseries que j'crache habitudement. Mais j'ai bien dû renifler que c'était la fin du Coquelicot… qu'y nous resterait pas trois printanières saisons pour s'articuler des sucreries amicales… Quelle délicieuse facilité ça a été de pêcher par la queue la machine à coudre et d'exploser, en visant le nez, la fiole têtue de Tournesol LSD… on a retrouvé du cerveau jusque dans l'escalier.

XLIII

J'ai appris plus tard que l'artiste du cinquième les avait appelés plusieurs fois par jour au cours des deux semaines précédant mon retour chez Gisèle. Il émettait des hypothèses.

Je vous appelle parce qu'une odeur d'égout acide rend l'air irrespirable dans mon immeuble. Je vous prie de bien vouloir vous déplacer.

Je vous ai appelés pour me plaindre d'une odeur d'égout acide, je m'étais mépris, c'est une odeur de charogne. Un chat en décomposition traîne quelque part. D'ailleurs, on ne l'entend plus miauler. Je vous prie de bien vouloir vous déplacer.

Je vous ai appelés maintes et maintes fois pour signaler des odeurs de chats, de porc, de pigeon et de bouc putréfiés dans mon immeuble, réflexion faite, il s'agit d'une odeur de vieille dame, probablement Mme Picq qui loge au sixième. Je vous prie de bien vouloir vous déplacer.

Visiblement rien ne peut vous faire déplacer, aucune tragédie humaine n'a grâce à vos yeux policiers : je vous ai appelés mille fois pour indiquer qu'un corps de vieille femme se décomposait au-dessus de chez moi. L'odeur est infecte. Je vous considère responsable de la diarrhée qui me tient alité depuis deux jours. Je vous prie de bien vouloir vous déplacer.

Je vous appelle pour la dernière fois : étant retenu couché – par suite de vos négligences – j'ai eu tout le loisir d'analyser le parfum fétide : je suis catégorique, Monsieur le Commissaire, Messieurs les simples Policiers, le sixième étage de mon immeuble sert de charnier à tous les maris cocus, les belles-mères possessives, les enfants colériques et les collègues encombrants dont les Parisiens veulent se débarrasser. J'évalue à cent trente le nombre de cadavres puants qui remplissent ce garde-mort. Je vous prie de bien vouloir vous déplacer.

Je vous appelle une seconde dernière fois pour vous indiquer que je suis guéri et que j'ai repris mes travaux de peinture ; par ailleurs, je viens d'entendre deux personnes s'entretenir devant la porte du sixième et pénétrer dans le charnier. Elles venaient poser sur la pile de macchabées leur vieille tante millionnaire après l'avoir empoisonnée au curare. Je vous prie, Mesdames et Messieurs les Policiers, de ne surtout pas vous déplacer.

Le commissariat enregistrait depuis six ans les appels de l'artiste du cinquième. La première fois, il avait appelé au sujet d'une femme croisée sur le quai du métro. Elle avait les yeux bleus. Son voisin aussi. La fille à deux pas, pareil. Elle était contagieuse. Il priait la police de bien vouloir se déplacer. Tous les troisièmes jeudis du mois, le commissariat organisait un dîner au *Bistrot des Trois Mouches* pour écouter les plaintes du mois écoulé. Ils claquaient leurs verres en braillant : « Je vous prie de bien vouloir vous déplacer ! »

Cet insolite « Je vous prie, Mesdames et Messieurs les Policiers, de ne surtout pas vous déplacer » en inquiéta plus d'un. Vingt minutes plus tard, la police gravissait en se bouchant le nez les six étages qui mènent à la porte de Gisèle.

Ils me trouvent assis en tailleur sur le fauteuil couvert de velours brun, râpé jusqu'à la trame. Le tissu a absorbé dans les pores de sa vieille peau la mort puante de la pièce. Je tourne la tête, vite et sèchement, sans remuer le corps, comme une chouette. J'observe les courtes bottes étrangement présentes, véritablement là, noires, les larges semelles – engins militaires réduits – inhumaines. Je dénombre six pieds, huit avec mes pieds nus, neuf avec le pied en fonte de la cage aux oiseaux qui a planté son talon sur la tempe de Rosalie et n'a plus bougé, solidement logé, aussi sûr d'être à sa place que l'ongle au bout d'un doigt. Ils ont mauvaise mine. L'odeur les indispose. Ils se touchent le nez en haussant les narines comme des lapins. Ils regardent Gisèle et Rosalie. Surtout Gisèle qui foisonne. Une idée désagréable ne quitte plus mon esprit : « Il y a trois policiers dans le salon. » On ne me pose aucune question. On vient, de part et d'autre du fauteuil, me tenir les bras. On m'aide à me lever. On me guide à travers la pièce, le couloir – je me retourne : le piano, le chat fourré, Gisèle sous les vers, le corps en coquille de Rosalie – l'escalier, l'artiste du cinquième qui hoche la tête sur le palier, polit ses moustaches de cire, la contre-allée des Âmes-Joyeuses où stationne la voiture blanche avec sa verrue bleue, acidulée. Je m'endors contre un policier.

XLIV

J'ai atterri à l'Estaminet comme une barrique, avec ma capillothèque sous le blouson ! En m'escamotant des Plantes, ma carcasse avait d'étranges manies... Elle se coinçait le squelette... Ma vue s'évanouissait et ça me faisait choir sur le plancher des blattes... Impossible de me redresser l'allure... Je mirais et remirais la machine à couture plonger sa pelote piqueuse sur la trogne chagrine de Tournesol LSD... Ça me causait des turbulences à la pensée ce petit morceau de court-métrage meurtrier qui passait et repassait et rerepassait et m'faisait passer pour un assassineur couturier... Moi qui suis pacifique comme l'océan ! J'ai fini par glisser une rivière rougeâtre dans mon estuaire de glotte... Disparue la tuerie ! Projeté dans l'oubli gerbeux le meurtrier ! Mais j'ai eu la soif anxieuse... M'en a fallu une grande famille viticole pour m'éponger la peur ! Les sœurettes ! Les benjamines ! Les demi-nièces ! Les adultérines pas reconnues par leur père ! Six fioles remplies à ras-liège ! Ivre-trépassé ! Plus le moindre centimètre de bobine cinématographique au creux du crâne ! J'avais la citrouille aussi vide que l'arrière-petite-sœurette que j'ai fini de goulotter devant la porte de l'Estaminet... C'est là que j'ai miré à travers le vitrail ce bon vieux Roger empatronné… Le grincheur claudiqueux qui m'avait croisé quelques lunes plus tôt pour me proposer d'illuminer son bétail ivrogné de mes récitaux miridieux… J'lui présente un sourire des plus dentés ! Et j'lui vois une méchante trogne de banquier ! Il ouvre le portail et sans même saluer le poète estamineur qui lui fait grâce de sa divine lyricité, y vocifère avec du gravier dans la trachée : « Abruti ! Il est 23 h 30 ! T'as deux heures de retard ! Où t'étais ? Où ! Regardez-moi ça ! Merde ! T'es complètement bourré ! Tu tiens pas debout ! Tu pues à dix mètres ! Oh, et puis tu t'es gerbé sur le blouson ! C'est vraiment dégueulasse ! Tu veux qu'j'te dise, Gaston ? Tu mérites même pas un prénom ! T'as aucune dignité ! J'te revois encore, mardi dernier ! "Donne-moi une deuxième chance, Roger !" Tu m'as encore embobiné avec ton patois du fond des galères ! "Tu m'enlèveras une fière chandelle du pied !" qu'y gémissait, le clodo ! J'aurais même pas dû t'en donner une première de chance ! Deuxième chance ! *Chance* ! Dépend pour qui ! Tu m'as déjà mordu une cliente comme un sauvage ! Jusqu'au sang ! Par-dessus le marché, t'as choisi celle qui buvait sans vomir six vodkas tous les soirs ! Elle me crachait mille balles dans le tiroir-caisse par semaine ! Elle a plus jamais refoutu ses talons aiguilles à l'Estaminet ! Comment j'ai pu être assez con pour m'imaginer qu'une loque de ton espèce allait pas me chier dans les bottes à la dernière minute ! J'ai collé des affiches pour toi ! J'ai fait ta publicité ! "Récital de poésie de la vieille époque par un véritable clochard de Paris ! Entrée gratuite ! Double consommation chaleureusement recommandée !" J'ai loué une danseuse de cinquante piges qui en paraît à peine dix-huit et j'ai convaincu Louise et Margot de se frotter aux clients pour faire couler l'alcool à flots! Mais t'en as rien à foutre! Ça t'est bien égal le mal qu'on peut s'donner pour toi! Pour qui je passe, moi? Pour un con! Barre-toi, pauvre clebs! Fous-moi le camp! Et arrête avec ce regard de baston… Je vais pas m'abaisser à péter la gueule à un poivrot! Mais t'avise plus jamais de traîner tes grolles trouées dans mon bar!»

Le souci malencontreux du Roger, c'est qu'il arrivait pas dans ma journée comme un nouveau-né. J'étais déjà bien vieilli. Bien lassé. Une Tulipe fanée sous le bistouri narcotique d'un charcutier sous-diplômé et un fongique au cervelet fendu par une machine à tisser… ça m'avait déligoté l'inhibition meurtrière… Elle m'a pas attisé des gentillesses pacifiques sa cracherie réprimendeuse… Faut dire que la pire assassinerie, c'est la première… Mais après… pauvre Roger… c'est rien qu'un lureau de plus qui passe l'arbalète à droite… Y me restait deux fioles évidées… J'en matraque une à grands coups sur le patronneux… Le piteux récipient se fend en deux sur le cuir échevelé! Les crocs de verre en dents de scie! Alors j'ai plus qu'à lui piquer le gosier avec ma demi-bouteille crantée! Et là! Ça jaillit du pinard à travers la trachée! Les lureaux du bar s'escamotent avec des cris d'offusquerie! Les tabourets se ruent sur le carrelage! Un véridieux déluge! Ils en ont oublié de payer leurs verres, les alcoolifiés! À croire que quand le patron fendille sa pipe, c'est tout l'Estaminet qui trépasse! Et c'était pas des secoureurs, les évadés! Pas un pour sauver Roger! Ils ont détalés comme des lézards! Y l'ont laissé crever sous mes coups de flacons… Sauf une lurette… faut bien dire… qu'avait pas froid aux mirettes… Toute silencieuse, elle nous scrutait... Ah!... ça m'a bien chagriné de voir cette lurette... C'était Mariette... Elle quittait plus des rétines la gorge cracheuse du Roger... C'est quand même joyeux de penser que Mariette était venue ce soir-là, rien que pour m'écouter! J'me suis senti bien désolé avec mes fioles tranchantes et le moribond qui se vidait sans vergogne sur mon blouson... J'me suis gondolé de honte bouillonnante... Ça m'a poussé comme un chagrin... Et la Jeannette a commis la plus horrible des idées... Elle est venue tout contre ma carlingue... Elle a levé un morceau de bras affreusement rassurant et m'a enduit d'une douceâtre caresse en travers d'la citrouille... Ses allumettes doigteuses suppuraient de pitié... Ça câlinait sans relâche... Même pas décemment dégoûtée par l'haleine, la sueur, la morve coulante, le sang séché... Elle avait l'œil chrétien du pardon et son gros ventre encloqué comme une enflure... Elle m'a rendu plus merdique qu'un chien avec ses cajolades... Elle avait même pas peur... Ça aussi, elle me l'a dérobé... mon héroïsme assassineur! D'où y débarquaient les abrutis en capes et en épées? J'pourrais pas dire... mais tout un escadron de cow-boys policiers m'est tombé sur le groin... Y m'ont dévalisé le blouson et garrotté les pinces en bas du dos... Un grand rasé à casquette a pris ma capillothèque et l'a suicidée dans une poubelle d'un vert grossier... J'me suis mis à hurliférer d'indignation courroucée!

«Rendez-moi les fils-de-tête, bataillon écervelé d'uniformés putrescents! Dis-leur Mariette! Dis-leur avec un stylo qu'y faut me restituer les poils-de-tête! C'est l'œuvre d'une vie! Fais pas ta muette! Écris sur tes papiers!»

Et fallait voir la Mariette toute chavirée de pitié! Qui me jetait des œillades d'encouragement comme on jette des cacahouètes à un singe encagé ! Pas une once amourifique ! Rien qu'une commisération samaritaine ! Elle restait droite et aiguisée comme un piolet ! Elle a posé ses phalanges sur mon front… elle a fermé les prunailles et elle a retiré sa paume divine… C'était l'onctueuse extrémité ! L'extrême-onction sacramentelle ! Mariette l'irréprochable humaine m'a fait l'aumône de son pardon ! J'leur ai dit aux flicots pendant qu'y me traînaient dans leur chariot !

« Elle fait sa muette sans reproche ! Elle fait sa charitable ! Sa prêtresse ! Mais vous l'avez pas vue sans son fichu ! C'est pas la virginité qui l'étrangle ! Grognassonne ! »

Une fois qu'on était bien assis à l'arrière d'la charrette, l'uniformé d'à côté m'a collé la rotule du coude en plein foie ! Mal lui en a pris… Toute la famille viticole m'est repassée par là où elle était entrée… quatre litres de sœurettes à treize degrés…

C'est pas Mariette qui m'enlarme l'esprit, c'est ma Tulipe trouée des seins. Me vient l'idée que ses dentelles chatouilleront plus les trottoirs de Lutèce. Faudrait qu'on me la ranime un demi-quart de lune… le temps que je l'essore contre moi… juste pour embrasser sa tête de lureau-lurette et lui souffler toutes les conneries des miridieuses tragédies… comme quoi que c'était mon ami le moins pourri, le moins ivre-occis, le plus délicatement dentelé, le plus mal épousaillé, le plus robotiquement syntaxé, le plus douceusement aimé…

Les flicots me traitent de porc et de truie pendant que l'odeur du vomi-vignoble les verdit. On roulotte avec les vitraux ouverts. Ça me sèche les gouttes de prunailles toute cette désertique soufflerie. Plus jamais que j'lui parlerai à ma Tulipe pétalifère… ça me grossit une pierre de peine entre les poumons. Je claironne en pissant de larmes :

Mort, j'appelle de ta rigueur!
Qui m'as ma maîtresse ravie!
Et n'es pas encore assouvie!
Si tu ne me tiens en langueur :
Onc puis n'eus force ni vigueur!
Mais que te nuisait-elle en vie,
Mort?

Les uniformés braillent « Ta gueule, connard! » à chaque bout de vers, mais plus personne a le courage de me taper la carcasse, de terreur que ça ranime la pompe à vomi-viticole. Je villonne à pleine gorge malgré les chialements et les sursauts sangloteurs qui me torsionnent les tripes :

Deux étions et n'avions qu'un cœur ;
S'il est mort, force est que devie,
Voire, ou que je vive sans vie
Comme les images, par cœur,
Mort!

Y'a un flicot que le mélange vomi-Villon précipite au bord du malaise nauséeux. Le chariot s'arrête sur un viaduc de la Seine. C'est quand même d'une étranglante drôlerie de les mirer arc-boutés sur la balustrade de la passerelle! Une contagion épidémique! Quelle gerberie! Voilà que quand le premier s'est vidé de son liquide ventreux, tous les uniformés se tordent un par un pour l'imiter ! Y s'occupent plus de moi tellement y s'évident. J'ai plus qu'à m'élancer dans l'aqueuse gelée, les bracelets solidement chaînés aux poignets. Un troupeau de lurettes nous reluquent la compagnie. Ça les plisse de rire... Je mire la Seine. J'voudrais juste avoir à enfoncer l'interrupteur qu'éteint la vie sans bruit et sans douleur. Mais l'eau gelée... quelle barbarie... couler dans la grise-verte... se stupéfier les muscles... étouffer dans l'eau sale... s'en remplir les poumons... les artérioles... crever noyé... Y m'ont remballé dans la carriole. La mort par noyade m'a échappé. Et là ! À travers le vitrail baissé de notre calèche policière ! J'la vois ! Radiante ! Extramidieuse ! La comète ! Sur un pont de Paris ! En flammes ! J'la reconnaîtrais entre mille millions de lurettes ! C'est l'Étoile filante ! Celle qui grésille qu'un fil-de-tête c'est gratuit ! Celle qu'a rendez-vous ! Elle a enfilé des fruits rouges ! Elle porte une cagoule de fesses qui l'enrobe à frémir !

« Mademoiselle Lurette ! Vous me reconnaissez ! »

Elle pivote son boulon de tête vers moi.

« J'suis Gaston du grillage du boulevard ! Le capillophile poéteux ! » Intimidée comme un cendrier, elle zigzague un peu des prunailles...

« Vous vous souvenez bien ! Vous vous êtes décroché un bulbe du cuir poilu pour me l'offrir ! Un poil-de-tête d'une stupéfiante beauté ! »

Elle s'approche du vitrail troué de la portière et sa petite voix de comète me bouclette à l'oreille :

« Ah oui ! Mais qu'est-ce que vous faites dans une voiture de police ? » L'uniformé éructe bien rugueusement : « Reculez, Madame ! Circulez ! » Je m'enrogne !

Quel eskimo salé, ce rabat-gaieté! «C'est pas une madame, grognassion! C'est une lurette sidérale! Elle circule pas! Elle est filante!» Et puis bien sûr qu'elle a filé, la Filante… Mais elle s'est d'abord penchée d'un coup dans la calèche… Elle m'a serré l'épaule avec une folle poigne de guerrière! Elle m'a mis le pire regard de joie dans les cils! Y'avait tellement de brutale amitié dans son regard! Elle a pas vibré d'une ride quand l'uniformé lui a attrapé les tiges de bras pour la ranger dehors! J'ai eu le temps de gueuler : «Gaston Picq! Gaston Picq! P-I-C-Q! Tu viendras me voir au donjon! À Fresnes! À Fleury! Ou à la Santé!» Elle a filé, la Filante… Et sur mon épaule… j'ai vu la plus mirifique des lumineuses! Perle et dorée! Sculptée comme le creux des reins! Plus fine qu'une moustache de panthère! C'était un cheveu d'Étoile filante!

Elle va venir la Miridieuse, pas de douterie… Et si elle oublie… par étourderie astrale… c'est au bout de son fil-de-tête que ma gorge garrottée se balancera… Et enfin Pendu parmi les Pendus, je pourrai Villoner pour de vrai:

La pluie nous a débués et lavés,
Et le soleil desséchés et noircis;
Pies, corbeaux, nous ont les yeux cavés,
Et arraché la barbe et les sourcils.
Jamais nul temps nous ne sommes assis;
Puis çà, puis là, comme le vent varie,
À son plaisir sans cesse nous charrie,
Plus becquetés d'oiseaux que dés à coudre.

Ne soyez donc de ma confrérie;
Mais priez Dieu que tous nous veuille absoudre!

T'enlarme pas pour moi,
petite auteuse de mes soucis…
Y fera beau dans ma geôle.

Achevé d'imprimer
en juin 2008
sur les presses de l'imprimerie Louis-Jean
05000 Gap (UE)

Dépôt légal : 323 juin 2008